いつもの朝に　上

今邑　彩

集英社文庫

目次　上巻

目次　下巻

いつもの朝に　上

亡き父に捧ぐ

序章　黒い十字架

1

　あいにくの空模様のせいか、画廊の中は閑散としていた。まだ十代とおぼしき、ひよこ色の頭をした、少々場違いな若いカップルが一組いるだけだった。

　吉村亮一《よしむらりよういち》は、受付で貰ったパンフレットを片手に、ゆっくりと画廊の中を歩き回った。

　風景画と静物画が多い。といっても、見たままを精確に描いた具象画というより、画家の心象風景を描いた、幻想画というか抽象画のような趣がある。

　中間色の多い、女流画家らしく繊細で柔らかな色彩だったが、見ていて一つ発見したのは、彼女の絵には、どんな題材を描いても、その絵の根底に、何か得体の知れない不気味さのようなものが潜んでいる気がしたことだった。

「海水浴」と題した絵がある。百号くらいの比較的大きな作品だ。

白い浜辺に、どこまでも続く青い海。空に輝く灼熱《しやくねつ》の太陽。その光を浴びて、泳いだり、スイカ割りやビーチバレーに興じる人々の群れ。

夏の風物詩を描いたこの絵などは、いかにも楽しげなのに、じっと見ていると、楽しいどころか、なんとも言えない不安な気分になってくる。

「花火」と題した作品も同様だ。

夜空に幾つも大輪の花を咲かせる花火を下から見上げる群衆。これなども、夏らしい楽しい光景なのに、見ていると、やはり微《かす》かな目眩感《めまいかん》を伴う不安を感じてくる。

なぜだろう……。

吉村は不思議に思いながらも、さらに足を進めた。

「休日の公園」と題された絵。

噴水のある大きな公園で、思い思いにくつろぐ人々。

「メリーゴーラウンド」と題された絵。

メリーゴーラウンドに乗って歓声をあげる子供たち。それを周りで見物する大人たち。

これらの絵も同じだ。楽しげな題材のわりには、見ているうちに、いいようもない不安を覚えてくる。

やがて、吉村の目は、「向こう側」と題された小さな絵をとらえた。

今まで見てきた風景画とは少し趣が違っている。

遮断機のおりかけた踏み切りを挟んで、二人の子供が向かい合っている絵だ。踏み切りの向こう側には、白シャツに紺色の半ズボンをはいた少年が立っている。少年は、「こっちにおいで」とでもいうように、手招きしている。こちら側には、オカッパ頭の少女らしき背中が見える。

どういうわけか、こちらを向いている少年の顔が肌色に塗りつぶされ、目も鼻も口も描かれていない。

隣には、「雨のベンチ」と題された絵があった。

小雨の降りしきる古ぼけたベンチに、二人の子供が一つの黒い傘を差して座っている。一人は、オカッパ頭の少女で、途方に暮れたような虚《うつ》ろな大きな目をして、降りしきる雨を眺めている。

少女の隣には、白シャツに紺色の半ズボンをはいた少年が腰かけている。この少年の顔も塗りつぶされていた。

少女の方は表情が描き込まれているのに、なぜか、少年の方はのっぺらぼう……。顔のない少年。

この少年の絵を見ていると、なんとなく不安になってくる。

吉村はあっと思った。

もしやと思って、先に見た風景画のコーナーに足早に戻った。

「海水浴」と題された大きな絵に顔を近づけて、注意深く見てみると、思った通りだ。あの少年がいた。

海水浴に興じる群衆に紛れて、顔のない少年が浜辺にポツンと佇《たたず》んでいた。その少年だけが海水着をつけておらず、白シャツに紺色の半ズボンのままだった。群衆の方は、赤ん坊や子犬まで表情が描き込まれているのに、その少年だけ顔がなかった。

吉村は、もしやと思い、「花火」と題された絵の方も注意深く見てみた。

やはり……。

花火見物をしている群衆の中にも、あの少年がいた。服装も同じだ。顔も塗りつぶされている。他の人々が皆、夜空を見上げているのに、この少年だけが、花火には目もくれず、こちらに、のっぺらぼうの顔を向けて立っている。

「休日の公園」にも「メリーゴーラウンド」にも、顔のない少年は描かれていた。群衆に紛れて、いつも同じ服装で立っていた。

いずれの絵も、彼だけが絵の風景に溶け込んでいなかった。絵の中の群衆と同じものを見ていない。同じことをしていない。

彼はただ、こちらに顔を向けて立っているだけである。

少年は一体「何を」見ているのだろう。海でも太陽でもない。夜空に咲く花火でもない。公園の噴水でも、メリーゴーラウンドでもない。

まるで、彼は……。

今こうして、この絵を覗《のぞ》き込んでいる吉村の方を、絵の中から、じっと見返しているようにさえ見える。

これらの絵を見たときに感じた漠然とした不安感というのは、たぶん、この感覚だったに違いない。

絵の中から、じっと誰かに見られているような奇妙な感覚。群衆に紛れ込んでいて、最初は気が付かなかった顔のない少年の存在が不安の源《みなもと》だったのだ。

一体、顔のない少年にはどんな意味があるのか。

もし、この少年の存在さえなければ、これら一連の絵は、見る者に、もっと楽しげな印象を与えていたはずだ。

画家は、なんの意図があって、こんな奇妙な少年を群衆の中に紛れ込ませたのだろうか……。

吉村は、このとき初めて、日向《ひゅうが》沙羅《さら》という女流画家に興味を持った。

2

パンフレットには、画家の簡単なプロフィールが載っていた。

吉村はそれに目を通した。

雅号だとばかり思っていた「日向沙羅」という名前は、どうやら本名のようだった。年齢は、四十歳。美大在学中に結婚して、現在、二児の母とある。

小さな顔写真も載っていた。目の大きな、なかなかの美人だった。歳よりも若く見える。その少し斜めを向いた顔を見て、吉村はおやと目をこらした。

似ている……。

「雨のベンチ」と題された絵の中に出てくる少女の顔に。

あの虚ろな目をした少女は、日向沙羅の自画像なのか。それとも、「二児の母」とあることから、あれは、彼女の娘の肖像……？

そうじゃない。絵の中の少女の服装は、三十年以上も昔に流行《はや》ったような古風な感じのものだった。あれは、今の少女ではない。

そういえば、「海水浴」といい「花火」といい「メリーゴーラウンド」といい、描かれている事物が時代がかっている。何十年も昔の風景を描いたように。写真でいえば、セピア色に変色している風景とでもいおうか。しかも、大人の視点で描いたようには見えない。子供が描いたように見える。

「子供が描いた」といっても、子供が描いたような稚拙な、という意味ではない。色彩の使い方や構図のバランスの取り方などは、十分計算された大人の技巧を感じるが、視点が子供のままなのだ。

画家は目の前の風景を描いたのではなく、記憶の中にある風景を描いたのではないか。

だから、今は四十歳の画家が、絵の中では、小さな子供のままなのである。

やはり、あの虚ろな目をしたオカッパ頭の少女は、画家の少女時代の姿なのではないか。

ということは、並んで座っているあの少年は……。

遊び友達か兄弟だろうか。それとも、架空の人物か。感受性の豊かな子供は、時々、架空の友人を作って遊んだりするものだ。顔が描かれていないのも実在しない人物だからか。

吉村の空想は際限なく広がった。

「なに、これっ」

突然、素《す》っ頓狂《とんきよう》な声がした。

吉村は夢想から覚めて、声がした方を見た。

さきほどの若いカップルだった。

ひよこ頭を仲良く並べて、一枚の絵の前に立っている。

声をあげたのは、女の方だった。

「へのへのもへじだってよ」

女の憮然《ぶぜん》とした声。

「ばっかみたい。漫画かよ」

「なんかさ、きもくね？」

男の方が囁《ささや》くように言った。

「きもい。変な絵ばっかし。鳥肌立ってきた。もう出ようよ、こんなとこ」

女は腕をさすりながら応える。

「そうだな。雨やんだかもしれねえし」

二人は、そんな会話を交わすと、そそくさと出て行った。

どうやら、あの二人も、雨宿りが目的で画廊に飛び込んできたようだ。

いかにも、絵などおとなしく鑑賞するようなタイプには見えなかったが。

カップルが出て行ってしまうと、吉村一人になった。

きもい、か。

確かに「きもい」。

吉村は苦笑しながら、腹の中で呟《つぶや》いた。

日向沙羅の絵に、なにか不気味なものを感じたのは自分だけではなかったようだ。

それにしても、カップルの女の方は何を見て、あんな素っ頓狂な声をあげたのだ。

吉村は、つい興味を感じて、カップルが見ていた絵の前に移動した。

それは、「家族写真」と題された絵だった。写真館で記念写真を撮ってもらっている家族の図といった人物画である。

五人の人物が描かれている。

髪を七三に奇麗に分けた中年男性。牧師が着るような詰め襟の服を着ている。隣には妻らしき中年女性。その少し手前に、髪をおさげにした若い娘。一番手前に、男女の子供が並んで立っていた。

父母と三人の子供。

一見、そんな風に見えた。

しかし、この絵が異様なのは、父親と母親と若い娘の顔には、目鼻口のかわりに、ふざけたように「へのへのもへじ」が描かれていたことである。

しかも、手前の男児の顔は肌色に塗りつぶされている。白シャツに紺色の半ズボンという服装から見ても、あの少年に間違いない。

五人のうち、顔が描かれているのは、末っ子と思われる少女だけだった。八の字に開いた細い眉に、虚ろに見開かれた大きな目。その顔は、明らかに、「雨のベンチ」の少女の顔だった。

家族か……。

吉村は、その絵を凝視しながら、呟いた。

五人の人物が家族だとすると、あの少女と顔のない少年は、やはり、兄妹だったのか。

少年の方が少し年上のように見えるところから、少年は少女の兄なのだろう。

それにしても、奇妙な絵だ。

この少女が画家自身だとしたら、なぜ、彼女は、自分の父母や姉の顔をまともに描かず、「へのへのもへじ」など描いたのだろう。

そして、兄にあたる少年の顔をなぜいつも肌色で塗りつぶしてしまうのだろう。

漫画を思わせるようなコミカルなタッチだったが、その絵からは、滑稽《こっけい》さやユーモアのようなものは全く伝わってこない。伝わってくるのは、家族の顔を描けない画家の、笑いとは程遠い悲哀とでもいうべき感情だけだ……。

なんて痛ましい絵だろう。

吉村は、なぜかは分からないが、その絵を見て、そう感じた。

3

吉村の足を思わず止めさせた不気味な絵は他にもあった。

「いつもの朝に」と題された静物画である。

朝日のあたる食堂に、純白の布クロスをかけた丸いテーブルがポツンと置かれている。テーブルの周りには五脚の椅子。

窓から差し込む光は、この世の始まりのように明るく目映《まばゆ》い。窓辺には、中を覗き込むように小首を傾《かし》げた一羽の小鳥の姿が描かれていた。

テーブルの向こうには、僅《わず》かに開いたままのライトグリーンのドアが見える。居間に繋《つな》がるドアだろうか。

誰も起きてこない早朝の風景。

陽が昇り、鳥が鳴きだし、いつものように朝が来る。無人だった食卓にも、目覚めた家人たちが、大きなあくびをしながら、一人二人と集まってくるのだろう。

毎日毎日繰り返されるいつもの朝。

これだけなら、そんな清々《すがすが》しい朝の一齣《ひとこま》を描いた気持ちの良い絵になっていたに違いない。

ところが……。

この絵はそうではなかった。

テーブルの上には、トマトソースらしき瓶と一体の人形が仰向けに置かれていた。瓶は倒れていて、その口から流れ出た液体が人形と真っ白なテーブルクロスを赤く染め、ぽたぽたと床にまで滴《したた》り落ちている。

人形は幼い娘の物だろうか。

夜のうちに、何者かによって倒されたトマトソースの瓶が、娘が忘れていった人形とテーブルクロスを汚してしまった。

見た目には、ただそれだけの絵なのだが、何か引っかかるものがある。

この絵には不吉な寓意《ぐうい》が潜んでいる。

吉村はそう直感した。

瓶を倒したのは誰だろう。

自然に倒れたという感じではない。

夜中にこっそり台所に入ってきた飼い猫の仕業か。この家の子供の悪戯《いたずら》か。

そして、あの僅かに開いたままのライトグリーンのドア。あれも何か意味ありげだ。

なぜ開いたままなのだろう。誰かがあのドアの向こうからやって来て、あそこから出て行ったとでもいうのだろうか。

あのドアの向こうには、一体、どんな光景があるのだろう。朝が来たことも知らず、すやすやと微睡《まどろ》む家人の姿か。

それとも……。

吉村はさらに不吉なことを想像した。

その絵を見ているうちに、食堂の窓の十字に交差する黒い木枠が、朝日に輝く十字架のように見えてきたからだ。

パンフレットのプロフィールによれば、この画家はクリスチャンであるらしい。

台所の窓枠が十字架に見えるのは、けっして気のせいではない。

画家は暗に十字架を描いているのだ。
黒い十字架を。

第一章　顔のない少年

1

「……で、その吉村という人が言うにはね」

しばらく葉巻に火をつけることに専念していた画商の藤堂修三《とうどうしゅうぞう》は、ようやく火のついた葉巻を二、三度、スパスパやったあとで、再び、口を開いた。

「『顔のない少年』は、あなたの不安感の現れではないかと言うんですよ。いわば、チャーチルの『黒い犬』のようなものではないかと」

藤堂は、葉巻をくわえたまま、身を乗り出すようにして、テーブル越しに、目の前にいる日向沙羅の顔を見つめた。

「チャーチルの黒い犬?」

沙羅は紅茶カップを手にしたまま、怪訝《けげん》そうに聞き返した。

「吉村さんの話では、あの英国の政治家は、生涯を通じて定期的に襲ってくる鬱病《うつびょう》に悩まされていたらしいんです。彼は、自分の鬱症状を『わたしの黒い犬』と呼んで、鬱に陥るたびに、『また黒い犬が来た』と言っていたとか」

藤堂はそう説明した後、話を戻すように、

「つまり、群衆の集まるところに、きまってあの少年がいるのは、そういう場所に、あなたが常に言い知れぬ不安を抱いているからではないか。その不安を視覚化したのが『顔のない少年』なのではないかと。あの少年は実在する人物ではない。不安の象徴にすぎない。だから、顔が描かれていないのではないか」

「…………」

「いかにも精神科医らしい分析だとは思いますが、この解釈は当たってますか」

「精神科医？」

沙羅の眉が微かに寄せられた。

「精神科のお医者さんなんですか？」

「だそうです。あなたの絵を一通り分析というか、彼なりに色々解釈してくれてから、一番安い絵を一枚だけ買ってくれたんです」

藤堂は、ややいまいましげに言った。

「で、どうです？」

「どうって？」

「彼の解釈は当たってますかな」

「そうねぇ」

沙羅は紅茶カップを置いて、考えるように頰《ほお》に手をやった。

夏らしい淡いレモン色のワンピースに、肩までかかる長い髪を一つにまとめてポニーテイルにしている。そんな髪形のせいか、どこか少女めいていた。

「当たらずといえども遠からずってとこかしら」

「当たらずといえども遠からず、か」

藤堂は葉巻の煙と共に呟いた。

「当たっているのは、わたしが、子供の頃から、大きな公園とか遊園地とか、沢山の人が集まるところに行くと、いつも漠然とした恐怖というか不安を覚えたってこと。特に、家族連れが沢山集まるような場所では……」

沙羅は考え考え話した。

「でも、その不安感を、顔のない少年で表現したという解釈は少し違います」

「違いますか」

「ええ。意識的にはそうしていないという意味ですけど。それに、あの少年は実在しない人物ではないし」

「え。あの少年は実在する人物なんですか？」

藤堂は驚いたように聞き返す。

「実在する、というか、していたと言った方がいいかしら」

沙羅はぼんやりとした口調で言った。

「していた、ってことは？」

「既に亡くなっているんです。十年以上も前に。絵に描いた姿は、わたしの記憶にある彼の姿なんです。彼は、わたしの中では永遠に十三歳のままです」

「一体、あの少年は誰なんです？　『家族写真』という絵の中で、家族の一員として描かれているということは、あなたのお兄さんか何かですか」

「兄ではありません。わたしには歳の離れた姉しかいませんでしたから。あの少年は、ある事情があって、父がうちに引き取った子供です。父は牧師で敬虔《けいけん》なクリスチャンでしたから、地域の福祉活動なども中心になって行っていた人でした。彼とは、一年だけ、家族のようにして暮らしたことがあるんです……」

沙羅の口調がだんだん重くなってきた。

「なぜ、顔を描かないのです？」

藤堂は思い切って聞いてみた。

「それは……」

沙羅は苦しげな目になって言い淀んだ。

「描かないのではなくて、描けないんです」

「描けない？」

「彼の顔が思い出せないからです。どうしても、思い出せないんです。名前とか他のことは覚えているのに、顔だけが。一年も一緒に暮らしたというのに」

「思い出せない……というのは、もしかしたら、思い出したくないのでは？」

「そうかもしれません」

「その少年のことで何か嫌な思い出でもあったのですか？」

沙羅は答えなかった。

「一年だけ一緒に暮らしたということですが、その後、その少年は……？」

藤堂はなおも聞いた。

「彼は……」

沙羅は言いかけて、

「知りません。うちを出た後のことは何も」

と話を打ち切るように答えた。

「何も？」

「まるで尋問されてるみたいですね」

「あ、いや。これは失礼。少し立ち入りすぎましたかな」

藤堂は頭を掻《か》きながら、

「実は、私も、ちょっと気になっていたんですよ。あなたの絵に繰り返し描かれる、あの顔を塗りつぶされた少年が」

と率直に打ち明けた。

藤堂と沙羅の付き合いは、沙羅の次男が生まれた頃からだから、かれこれ十三年近くになる。藤堂にも、中学生になる娘がいることから、単に画商と画家というだけではなく、家族ぐるみの付き合いをしてきた。

ただ、藤堂は、沙羅の子供時代のことは殆《ほとん》ど知らない。十歳のときに、両親と姉を事故で亡くし、その後、二十一歳で結婚するまで、母方の叔父の家で育ったという話は聞いていた。

沙羅も沙羅の夫も、それ以上は何も語らなかった。何かの弾みにその話になると、それとなく話題をそらされてしまった。

沙羅が好んで話すのは、叔父の家で暮らした間のことばかりだった。三人いた従姉妹《いとこ》のこと。彼女たちと実の姉妹のようにして育ったこと。そういう話題は楽しそうによく話す。

しかし、実父や実母と暮らした家のことは、忘れてしまったかのように語らなかった。

それなのに、絵に描くのは、この語らない期間の心象風景が多い。今回の個展で発表した「家族写真」という作品にしても、今の家族でもなく、叔父の家族でもなく、十歳まで共に暮らした「家族」を描いている。

実父や実母を忘れてしまったわけではないのだ。なんらかの要因で、心の奥深くに封印してしまったのだろう。

絵を描くときだけ、その封印が解ける。絵は口よりも雄弁だ。画家が夢中で絵筆を動かすとき、ふだんは無意識の底に沈み込んでいる沈殿物が、画布の上に忽然《こつぜん》と浮かび上がってくる。

語らないということは、逆に、心のどこかで深くこだわっているせいなのかもしれない。

それは、あの顔のない少年にしても同じだ。

彼女は、十年以上もあの少年を絵の中に繰り返し登場させている。

そのくせ、少年のことは何も語らない。だから、藤堂も、「薔薇《そうび》」という絵を買ってくれた精神科医同様、あの少年は、実在する人物ではなく、何かの象徴だとばかり思っていた。

少年は実在したのか。

少年は沙羅の家族と一年ほど一緒に暮らしたという話だが、沙羅の両親と姉が事故で亡くなったとき、この少年はどこにいたのだろうか。

藤堂はふと疑問に思った。

そのときには、少年は、既に沙羅の家を出ていたのだろうか……。

それを聞きただそうとしたとき、玄関の方でバタンと音がした。

ドアの閉まる音だ。

誰かが帰ってきたようだ。

2

パタパタとスリッパの足音がしたかと思うと、居間のドアが開いた。

「ただいま」という明るい声と共に顔を出したのは、制服姿の背の高い少年である。白い半袖シャツから出ている肌は真っ黒に日に焼け、利口そうな切れ長の目が生き生きと輝いている。

長男の桐人《きりひと》だった。

「おかえり」

息子に声をかけた沙羅の顔には、過去の話題から逃れられて、ほっとしたような表情が浮かんでいた。

桐人は、居間のソファに母と向かい合って座っている藤堂の方を見ると、軽く頭を下げて、「いらっしゃい」と言った。

「桐人君か。しばらく見ないうちに、また背が伸びたんじゃないのか」

藤堂が笑顔で言うと、

「おじさん、先週来たときも同じこと言いましたよ。そんなにすぐに伸びるわけないでしょ」

桐人はすかさず言い返した。

「あ、そうだったか」

藤堂は照れ笑いをしながら、

「いやあ、君くらいの年頃は、毎日毎日、成長するものなのだよ。ははは」

そう言ってごまかした。

「優太《ゆうた》は？」

桐人は母の方を見て聞いた。

優太というのは、桐人の一つ違いの弟である。

「まだ帰ってないけど」

沙羅が答えると、桐人の表情に、あれという色が浮かんだ。

「途中で見かけたんだけどな……」

独り言のように呟く。

「あの子のことだから、真っすぐ帰って来る方が珍しいでしょ。どうせ、どこかで道草くってるのよ」

「それもそうだな」

桐人は納得したような顔になり、「じゃ」と言って、ドアを閉めかけた。

「おい、桐人君。ここに来て、少し話でもしないか」

引っ込みかけた少年に、藤堂が声をかけた。

「おじさん、悪い。これから友達と約束があるんです。すぐ行かなくちゃ」

桐人はそう言って、「ごめん」というように、手刀《てがたな》を切る真似をして、

「どうぞ、ごゆっくり」

とやや意味ありげな口調で付け加えると、ドアを閉めた。

「友達か」

藤堂は肩を竦《すく》めるような仕草をした。

「あの年頃は、なんでもかんでも友達優先ですな。うちの千夏《ちなつ》もそうですよ。何かっていうと、友達友達。最近は買い物も付き合ってくれない。家内が生きていた頃は、休日には三人で出かけたものだが……」

藤堂は嘆くように頭を振った。四年前に妻を病気で亡くしており、一人娘と二人暮らしだった。

「それはともかく」

藤堂は感心したように言った。

「桐人君の成長には目を見張るものがありますな。育ち盛りとはいえ、会うたびに一回り大きくなっているように見える。いや、冗談でなく」

「ええ」

「千夏から桐人君の話はよく聞かされているんですがね」

「あら、千夏ちゃんは、桐人より一学年下のはずでは？」

「いやあ、桐人君は、あの学園では有名人ですから。学年が違っても、常に噂《うわさ》の的《まと》らしいです。なんでも、彼のあだなは『ミラクルボーイ』だとか」

「ミラクルボーイ？」

「なんでもできる超少年って意味らしいです。成績優秀。スポーツ万能。おまけに、あの通り、背が高くて男前だ。男前なのは、やはり、明人《あきひと》君に似たのかな」

「顔というより」

沙羅は微笑しながら頷《うなず》いた。

「性格とかやることがあの人にそっくりなんです。責任感や正義感が強いところなんか特に」

「もう三年か。月日がたつのは早いものだな……」

藤堂も感慨深げに言った。

沙羅の夫、日向明人が、三十七歳という若さで他界したのは、今から三年ほど前のことだった。明人はある私立大学で教鞭を取っていた生物学者で、当時、助教授だった。いつもは大学までマイカーで通勤していたのだが、エンジン部分に不具合が見つかったというので、車を修理に出して、数日前から電車通勤に切り替えていた。

事故は、大学からの帰り、同じ方向の若い助手と二人で電車を待っているホームで起きた。二人とも行きつけの小料理屋に寄って、少し酒が入っていた。

既に午後十時を過ぎていたが、ホームには勤め帰りの大人たちに混じって、塾帰りらしい数人の小学生がいた。小学生たちは、なかなか電車が来ないのに退屈したのか、ホームの端で押しくらまんじゅうのような遊びをして、ふざけあい始めた。

そこにいた何人かの大人たちは見て見ぬ振りをしていた。

注意をしたのは明人だった。

「きみたち、そんなところで遊ぶのは危ないからやめなさい」

彼はそう言った。

後から聞いた助手の話では、子供たちは注意されて一度はやめたものの、五分もたたないうちに、また同じ遊びをやり始めたのだという。

やがて、少し遅れていた急行列車の到着がアナウンスされ、線路の向こうにその姿が目映い光と共に迫ってきた。

そのときだった。

友達につきとばされた一人の少年が線路に転落したのは。

一瞬の出来事だった。

転落したときに、足を痛めたのか、少年は線路の上に蹲《うずくま》ったまま、苦痛と恐怖に顔を歪《ゆが》めて動こうともしない。

少年の友達たちも、ホームにいるほかの人々もみな慄然《りつぜん》としてなすすべもなく立ち尽くしていた。

「駅員を呼べ」とか「非常停止ボタンを押せ」という口だけの怒号が飛び交う中で、唯一人、素早く行動を起こしたのは明人だった。

そばにいた助手の制止もきかず、線路に飛び降りたのだ。片足を怪我して動けない少年を抱《かか》き抱えると、学生時代にラグビーで鍛えあげた腕の力で、なんとかホームの上まで引き上げた。そして、自分もホームによじ登ろうとした瞬間……。

容赦のない轟音《ごうおん》をたてて、ブレーキの間に合わなかった急行列車が彼の上を通過した。

即死だった。

翌日の新聞には、「自らの危険を顧みず小学生助けた英雄的行為」とこぞって褒《ほ》め讃《たた》えられた。

かろうじて助かった小学生は、明人の次男と同い歳だった。

その後の週刊誌などにも、明人のことがしばらく話題になった。大学時代からラグビー部の主将をつとめ、部員たちの信頼も篤《あつ》かったこと。その論文が海外でも認められるほど優秀な学者だったが、スポーツも万能で、青白きインテリではなかったこと。気さくで男らしく明るい性格が誰からも好かれ慕われ、学生たちの人気も高かったこと。家庭に帰れば、画家の妻と二人の男の子の良き夫、良き父親であったこと……。

あれから三年が過ぎたのか。

沙羅は思った。

あの日から精神科で処方されて飲み始めた睡眠薬や精神安定剤も、最近では、だいぶ量が減った。

振り返れば、出口の見えない長く暗いトンネルの中を光を求めて彷徨《さまよ》うような三年間だった……。

「そうそう、桐人君といえば」

藤堂が思い出したように言った。

「最近、何とかという絵画コンクールで金賞を取ったそうじゃないですか。千夏が言ってましたよ。文武両道の上に、芸術の才能まである。絵の才能はあなた譲りですかな」

「さあ、それはどうでしょうか」

沙羅は小首を傾げながら言った。

「絵や音楽の才能って、遺伝より、環境の要素が大きいと思うんです。芸術家の子が芸術家になるのも、生まれたときからそういう環境が整っているせいではないかしら。あの子は、歩き始めた頃から、わたしのアトリエに来て、絵の具やパレットを玩具《おもちゃ》にしてましたから。わたしが描いてる姿を見て、見よう見真似で、いつの間にか自分でも描くようになったんです」

「どちらにせよ、彼は、まさに、お父さんとお母さんの良いところばかりを受け継いだというわけですな。頭脳明晰だから、明人君のように学者になるもよし、絵の才能をいかして、あなたのように画家になるもよし。おまけにサッカーが得意のようだから、サッカー選手になるもよし。彼の前途はまさに大海原のごとく無限に広がっている。実に将来が楽しみな少年だ」

藤堂は一人で頷くと、葉巻の煙を盛大に鼻から出しながら、

「ご主人を亡くされても、あなたには、あんな優秀で頼もしい息子さんがいるから心強い。その点、うちなどは女の子だから、いくら手塩にかけて育てても、時が来ればさっさと嫁に行ってしまう。実につまらん」

「うちには、もう一人手のかかるのがいますよ」

沙羅が苦笑まじりに言った。

「もう一人？　ああ、優太君か」

藤堂は一瞬しかめ面をした。次男の話題にはあまり触れたくなさそうな顔だった。

「千夏ちゃんは、優太のことは何も言ってません？」

「千夏が？」

「確か、千夏ちゃんと優太は同じクラスだったと思うんですが」

「ああ……そういえば、優太君のこともよく話しますかな……」

藤堂は、うろたえ気味に言った。

「どんなことを？」

「話題はむしろ優太君の方が多いくらいなんですが、その話題というのが、桐人君に比べると、なんというか、悪口に近いというか、悪口そのものというか」

「…………」

「優太は成績も悪いし、顔も悪いし、ニキビだらけだし、スポーツも得意ではないし、チビだし、絵も下手だし、音痴だし、口悪いし、性格悪いし、いいとこが何もない。桐人君と同じ血を分けた兄弟とはとても思えない。兄貴に両親の良いところを全部持っていかれて、あいつは残った滓《かす》だけでできているんじゃないか」

「…………」

「あ、いや、これは千夏が言ったんですよ。女の子のくせに口が悪くて。全く、親の顔が見てみたい」

藤堂は慌《あわ》てて言った。

「あ、親は私か。それと、昨日なんか、こんなこと言ってましたよ。まるで、あの二人は、キリストとユダだと」

「キリストとユダ？」

沙羅の顔色が僅かに変わった。

「キリヒトとユウタって名前がね。語呂がうまく合うでしょう。むろん、クリスチャンであるあなたが、キリストの方はともかく、『ユダ』なんてキリスト教徒の忌み嫌う悪党の名前をお子さんに付けるわけがないから、偶然でしょうが」

藤堂がなおも話しかけたとき、居間の電話が鳴った。

「ちょっと失礼」

沙羅はやや強《こわ》ばった顔のまま、ソファから立ち上がった。

居間のサイドテーブルの前まで行くと、藤堂の方には背中を向けて、受話器を取った。

「はい、日向ですが」

藤堂は新しい葉巻に火をつけながら、沙羅の声を聞くともなく聞いていた。

「前田書店？　……ええ、優太はうちの子ですが」

沙羅の声がどこか不安を帯びたものになった。

「えっ。万引き？」

3

突然、沙羅の声が高くなった。

「……だからな、小僧。さっきから何度も言ってるだろうが」

売り場の奥にある事務所らしきガラスドアの方から、凄《すご》むような男のだみ声が聞こえてきた。ギクリとして、沙羅は思わず足を止めた。

「レジを通さずに商品を外に持ち出した段階で、窃盗罪が成立するんだよ。おまえのやったことは立派な犯罪なんだよ！」

テーブルを平手で叩《たた》いたようなバンという音。

沙羅はドアをノックした。

「はい？」

男の声。

「日向優太の……」

そう言いかけると、「どうぞ」という声がした。

中に入ってみると、書店の店員らしき三人の男たちに囲まれて、優太がふてくされた様子で椅子に座っていた。制服のままで、足元にはリュック型のカバンが置かれている。

「お姉さんですか？」

四十がらみの眼鏡の男がじろりと沙羅の方を見た。

「母です」

そう答えると、男はやや意外そうに見直し、

「お母さんですか」

「はい」

「て、店長の佐々木です。電話でもお話ししましたが、おたくのお子さんがこれを万引きしましてね」

店長は手にしていた分厚い本を見せた。中学一年用の数学の参考書だった。

「初犯のようでもあるし、素直に謝れば、事を荒立てる気はなかったんですが、このガキ、いや、お子さんときたら、万引きしたんじゃない。後で返すつもりだった。これはゲームだとか言い張って、謝ろうともしない。全然素直じゃないんですよ」

店長は手に負えないという顔つきで、優太の方を睨《にら》みつけた。優太の方も、負けずに店長を上目遣いで睨みつける。

「ゲームってどういうこと？」

沙羅は、店長に向かって深々と頭を下げたあとで、きつい声で息子に尋ねた。

「だから、盗む気はなかったんだってば」

優太は投げやりな口調で言った。

「レジを通さずにいったん外に出して、後でこっそり返しておく。そういうゲームなんだよ。万引きじゃないよ。返すんだから」

「そんなゲーム、誰としたの？」

「誰って……」

優太は口ごもった。

「一人で思いついたの？　それとも、誰かとしたの？」

「……クラスの奴と」

優太は渋々言った。

「あのねぇ、いくら後で返すつもりだったとしても、何度も言ったけど、レジを通さずに商品を持って外に出た段階で窃盗になるんですよ」

店長が苛立《いらだ》ったように口を挟んだ。

「それが社会のルールってもんなんです。おたくのお子さんは、いくら言ってきかせても、そのへんが分からないらしい。後で返せばいいってもんじゃないんだ。おたくでは子供にどういう教育してるんですか。物を盗んでも、後で返せばいいとでも教えてるんですか」

「いえ、そんなことは決して……」

沙羅は恐縮して、再び頭を下げた。

「時々、ふてぶてしいのがいるんですよ。万引きが見つかると、謝るどころか、金払えばいいんでしょって開き直るのが。それと同じですよ。後で返す気だったなんて。誰がそんな話を信じますか。盗みが見つかると、おおかたそういう小狡《こずる》い言い逃れをするもんです」

店長はねちねちと言い募った。

沙羅はそのしつこさに、幾分むかっとしかけたが、理由はどうであれ、非は息子の方にある。それはどうしようもない。ひたすら頭を下げ続けた。

「お母さんをいじめるなよ、ウスラハゲ。お母さんは人の物は盗んじゃいけないって、いつも教えてるぞ」

優太が店長に向かって毒づいた。

「ウ、ウスラハゲだと……」

店長は奇麗に撫《な》でつけた薄毛に脂汗《あぶらあせ》を浮かべた。

「それに、盗む気だったら、中一用の参考書なんて盗《と》らないや。俺は中二だぞ。中一用の盗っても意味ないじゃん。そんなことも気が付かないなんて、店長失格だな、ウスラハゲ」

優太は鼻を膨らませて言い放った。

「な、何をえらそうに。盗っ人猛々しいとはおまえのようなガキを言うのだ」

薄毛の店長はついに堪忍袋の緒が切れたというようにどなりつけると、事務机の上の電話に右手をかけた。

「なんなら、このまま警察に引き渡してもいいんだぞ」

受話器をつかみ、脅すように言った。

「かけろよ。警察でも消防車でも呼びやがれって。そんなもん、怖くねえや」

優太はやけくそのようにわめいた。

そんな息子の頰を沙羅は思い切り平手で叩いた。

「黙りなさい。店長さんのおっしゃる通りよ。後で返すつもりだったにせよ、おまえのしたことは万引きなの。つべこべ屁理屈言ってないで、謝りなさい」

優太は、打たれた頰を片手で押さえながら、不満そうな顔付きで、母の顔をしばらく見上げていたが、母の目が赤くなって、うっすらと涙が浮かんでいるのを見ると、はっとした表情になり、やがて、蚊の鳴くような声で、

「ごめんなさい……」

と呟いた。

「声が小さい。なんて言ったんだ。聞こえないな」

店長が意地悪く片耳に手をあてた。

「ごめんなさい」

今度は普通の声で言った。

「もっと腹の底から大きな声で」

店長はさらに言う。

「ごめんなさいっっっ」

優太は胸一杯に息を吸い込むと、書店中に響きわたるような大声をあげた。

「……うむ、まあ、よかろう。本当に悪いことをしたと思ってるんだな？」

店長はようやく気の済んだような顔になって、優太に尋ねた。

「…………」

「どうした？　ごめんなさいは口先だけか」

「……違います」

母の方をちらと見て、優太はボソッと言った。

「本当に反省してるんだな？　二度としないな？」

店長は問いただした。

「はい、二度としません」

「警察ざたにすれば、お子さんの将来に傷が付きますから、今日のところは、これでお引き取りいただきますが、うちへ帰ったら、よーくお子さんに言い聞かせてくださいよ。社会のルールとかモラルとかいうものについてね」

店長はなおもくどくどと言った。

「全く、親の教育がなってないせいか、近頃は中高生の万引きが跡を絶たないんですよ。しかも、質《たち》が悪い。私らが子供の頃は、どうしても読みたい本があるのだが、お小遣いが足りなくて、つい、なんてかわいい理由が殆どでしたが、最近はそうじゃないんですよ。別にその本が読みたいわけじゃない。盗みのスリルを味わうゲーム感覚とか、ひどいのになると、コミック本をごっそり万引きして古本屋に転売するのまでいるんですからね。大人の窃盗団顔負けです。世も末というか何というか。実に嘆かわしい……」

店長のぼやきを背中で聞きながら、沙羅は、息子の手を引っ張るようにして、事務所を後にした。

4

「お母さん、ショックだった？」

優太は、ブランコを漕ぎながら、隣の母の方を横目で見ながら聞いた。

書店からの帰り道だった。

母と子は、家の近くの小さな公園で、肩を並べてブランコを揺すっていた。

「僕が万引きしたって聞いて」

「そりゃね」

母は言った。

「悪戯して学校に呼び出されたことは今までに何度もあったけど、万引きなんて初めてだったから。電話で聞かされたときは、ドキっとした」

「嘘《うそ》じゃないよ」

優太は項垂《うなだ》れたまま、ブランコを漕いでいた。

「何が？」

「本当に盗む気はなかったんだ。言い逃れじゃないよ。返すつもりだったんだ。だって、あれは、度胸と反射神経を試すゲームにすぎなかったんだからさ」

「それは信じる。ただね、店長さんも言ったように、たとえ盗むつもりはなくても、レジを通さずに商品を外に持ち出したら、それは窃盗と見なされるのよ。それが社会のルール。社会の約束事は守らなければいけない。分かった？」

「……うん」

優太は頷いた。

「失敗したら万引き扱いされるってのは分かってたんだ。でも、あのハゲがねちねちしつこいもんだから、つい」

「ハゲとか言わない」

「あの髪の毛の抜け落ちた店長が」

優太は言い直した。

「二度としないね？」

母は息子の方を見て言った。

「しない」

優太は項垂れたまま答える。

「クラスの友達にもやめろって言うのよ」

「クラスの友達？」

優太は顔をあげて母の方を見た。ぽかんとした顔をしている。

「クラスの子とやったんでしょ。その、度胸と反射神経を試すゲームとかって」

「あ……うん。あいつにも言っておく」

優太はそう答えたあとで、しばらく黙って、ブランコを強く揺すっていたが、

「僕さ、本当はゲームソフトが欲しかったんだ」

「ゲームソフト？」

「今週発売されたばかりの新しいＲＰＧ。前からやりたかったやつ。でも、小遣い足りなくて。それで、と、友達に話したら、そいつが賭けしようって言いだしたんだ」

「賭け？」

「賭け。ゲームというより、あれは賭けだったんだ。書店で本万引きして、後でこっそ

り返しておく。誰にも見つからずにこれがクリアできたら、五千円やるって、そいつが言ったんだ。五千円あればソフトが買えるし、本だって、盗むわけじゃない。後で返しておくんだからいいかなって思って。でも、失敗しちゃった。僕って何やっても駄目な奴だな」

優太は自嘲《じちょう》するように呟いた。

「失敗してよかったよ。成功したら、味しめて、またやるに決まってるから」

「…………」

優太は黙ったまま、ブランコを漕いでいたが、

「もしさ」

と口を開いた。

「万引きしたのが兄貴だったら、お母さん、どう思った？　もっとショックだった？」

突然、ブランコを止めると、探るような目で、母の顔を見つめた。

「桐人は、たとえお小遣いが足りなくなっても、万引きなんてしないよ」

「もしもだよ。もしも、万引きしたのが兄貴だったら？」

「そりゃ、大ショックでしょうね……」

母は呟くように口の中で言った。

「やっぱりなぁ」

優太はため息をついた。

「僕だったら、ドキって程度で、兄貴だったら、大ショックか」

「おまえとあの子じゃ、日頃の行いが違いすぎるもの。ショックの度合いも違うよ」

「でもさ、兄貴なら、万引きやっても成功させちゃうんだろうな」

優太は口の端を歪めて言った。

「最初からやらないか、やるからには成功させるか、どっちかだよ、兄貴は。僕みたいに中途半端でブザマなことは絶対にしない」

優太はそう言うと、

「ねえ、僕と兄貴って、どうしてこんなに違うの？　同じ血を分けた兄弟なのに、どうしてこんなに似てないの？」

真剣な顔で母をじっと見た。

「…………」

母は言葉に窮したように黙っていた。

「兄貴はお父さんやお母さんのいいとこばっか受け継いでるのに、どうして、僕には何もないの？　どうして、僕はお父さんにもお母さんにも似てないの？」

「似てるよ」

母が言った。

「誰に?」

優太は疑わしそうに聞き返す。

「わたしにもお父さんにも、おまえは似てる」

「似てないよ」

優太は膨《ふく》れっ面《つら》で言った。

「全然似てない。僕はお父さんみたいに背が高くてかっこよくないし、頭も良くない。お母さんみたいに絵がうまくもない。背が高くてかっこよくて頭が良くて絵がうまいのは、ぜんぶ兄貴の方じゃないか」

「お父さんね……」

母が前を向いたまま言った。

「かっこよくなかったよ」

「え?」

「中学の頃のお父さんって、チビでニキビだらけで、かっこよくなかったよ。今のおまえみたいだった」

「嘘だろ?」

優太は驚いたように目を丸くして言った。

「嘘と坊主《ぼうず》の髪はゆったことがない。前に話したでしょ。お父さんとお母さんは中学の同級生だったって」

「うん。大学のときに、同窓会で再会して、それがきっかけで付き合うようになったんだよね？」

「その同窓会でね、お父さんから声かけられたとき、最初、誰だか分からなかった。あんた、誰って感じで。それほど変わっていたのよ、日向明人君は。とても素敵になってた」

「中学のときからかっこよかったんじゃないの？」

「全然。中学のときは、女子よりもチビで、ニキビだらけで冴えない男の子だった。昆虫オタクで、勉強だって理科以外はできなかったし、スポーツだって逆上がり一つ満足にできなかったもん」

「嘘だ。あのお父さんが？」

「わたしも最初信じられなかった。高校に入った頃から背が急速に伸び始めたんだって。勉強もスポーツも頑張るようになったって」

「お父さんがかっこよくなってたから、お母さん、お父さんと結婚したの？」

「……違うよ」

　母はややあって答えた。

「違うの？　もし、同窓会で会ったお父さんがチビでニキビの昆虫オタク野郎のままだったとしても、結婚してた？」

「うーん。してたかも」

「うーんって唸《うな》るとこが怪しいなぁ」

優太は疑わしそうに母を見た。

「でも、好きだったよ。中学のときから、お父さんのこと」

「初恋の人？」

「……まあね」

「チビでニキビで冴えなかったのに？」

「チビでニキビで冴えなくても、優しくて明るい子だったから。それに強い人だった。日に向かう明るい人。名前通りの人だったなぁ。同窓会で再会したときも、見た目は別人かと思うほど変わってたけど、ちょっと話をしただけで、性格は変わってないのが分かった。見違えるほどかっこよくなってたことよりも、そっちの方が嬉《うれ》しかったな」

「ふーん？」

「お母さんねぇ……」

母は、ゆるやかにブランコを漕ぎながら続けた。ふわりふわりと淡いレモン色のワンピースが風をはらんで揺れる。優太はなんとなく幸福な気持ちでそれを見ていた。

「中学の頃はね、とても内気で人付き合いの苦手な暗い女の子だったの。小学生の頃はそうでもなかったんだけど」

母はそう言って、何かを思い出したように少し沈黙したあと、また続けた。

「友達とわいわいやるよりも、教室の隅っこで、一人で絵を描いているのが好きだった」

「千夏みたい。あいつは漫画だけど」

「だから、クラス替えが嫌いだったな。やっとできた友達と別れて、また新しく友達を作らなきゃならないんだもの。要領悪いから、なかなか新しい友達できなくてね。もたもたしてると、女の子って、すぐグループ作っちゃうのよ。一学期は、どのグループにも入れず、いつも一人で辛《つら》い思いをしてたなぁ」

「僕もそうだ。クラス替えがあると、すぐに友達できにくいや」

「お父さんと同じクラスになったのは、中学二年のときだったんだけど、新しいクラスになかなかなじめなくて、何をするにも一人でポツンとしていたわたしに、最初に声をかけてくれたのがお父さんだった」

「…………」

優太はブランコを漕ぐのも忘れて、母の横顔を見つめたまま、話に聞き入っていた。

「ほら、中学くらいのときって、急に異性を意識しだすじゃない？　小学校のときは、男子も女子もなく一緒に遊んでいたのに、中学に入ったとたん、お互いを意識し合うようになって、不自然に距離を置いたりして。男子が女子に声をかけただけで、『あいつは誰それに気がある』とか囃《はや》し立てられたりするでしょ？」

「それはある。僕なんかも、千夏と二人きりで立ち話しただけで、クラスの奴から、『ご結婚はいつ？』なんてからかわれるもん。誰が、あんなメガネザルと」

「お父さんも、わたしのことで、クラスの男子からからかわれたり囃されたりしてたみたいだけど、だからといって、わたしから遠ざかるようなことはしなかった。最初の友達になってくれた」

「それは、お父さんもお母さんが好きだったからだよ。好きだったから噂をたてられても我慢できたんだ。だけどさ、好きでもない子と変な噂をたてられたら、マジ、へこむ。それも、相手がくそ生意気なメガネザルだったりしたら」

「そういうところは、子供の頃から強い人だったな、お父さんは。周囲の目とか噂をあまり気にしないというか、自分がこうだと思ったこと、好きだと思ったものには、真っすぐ突き進む人だった。それは生涯変わらなかったな。だからあのときも」

誰もがただ立ち尽くしていただけなのに、そばにいた助手の人が必死に止めたのに、ためらうことなく、子供を助けようと線路に飛び降りたのだ、あの人は……。

「お母さん？」

先を促すように優太が声をかけた。

「え？　ああ、それでね」

母は話を続けた。

「中学の同窓会の通知が来たとき、初めは行くつもりはなかったんだけど、お父さんが幹事をしているのを知って、それで急に会ってみたくなって」

「そして、二人は運命の出会いをしたってわけか」

「そんなとこね」

「僕もさ、お父さんのようになれるかな」

「それはおまえの努力次第」

母はにんまりと笑った。

「お父さんだって、何もしないで、のほほんとしてたわけじゃないんだから。肉体的にも精神的にもいろんな努力をして、結果的にああなれたわけだからね。おまえももっと努力しなければ」

「努力って、たとえば？」

「まずピーマンと人参を好きになる」

「げっ」

「牛乳を沢山飲む。学校の勉強をもっと身を入れてやる。テレビゲームばかりしてないで、何か打ち込めるスポーツをひとつでも見つける、ってとこかな」

「努力すれば、いつか、お父さんみたいになれる？」

「遺伝的に言うなら、可能性は大いにあるでしょうね」

母はそう言うと、つと手を伸ばして、ブランコの綱をよちよちとよじ登っていた一匹の虫をつまみあげた。

「今のおまえはこれ」

それを息子に見せた。

「芋虫じゃん」

「蝶になる前の芋虫。今はこんなだけど、いつか、大空を羽ばたく華麗な蝶になる」

「…………」

優太は母の手の中の虫を見つめた。

「桐人はもう蝶になりかかっている。羽を伸ばしかけている。おまえはまだ芋虫のまま。でも、無限の可能性を秘めた羽がおまえの中にもしっかりと畳まれている。それがまだ見えていないだけ。それだけの違いなのよ。おまえとお兄ちゃんの差は」

母はそう言って、息子の顔を見た。

「だから、そんなに劣等感を持つのはやめなさい。おまえにはおまえのいいところがあるんだから」

「僕のいいとこって……？」

優太は自信なさそうに、母を見上げた。

「優太のいいところは」

母は言葉に詰まったように黙った。

「ねえ、僕のいいとこって何？」

優太はなおもせっついた。

「改めてそう聞かれると、おまえの長所って、桐人の欠点を思いつく以上に難しいのよねぇ」

「…………」

「ミンナ違ッテ、ミンナイイ」

母は突然言った。

「何それ？」

「お母さんが好きな詩人の言葉」

「…………」

「みんな違うから、みんないい。みんな同じだったら、つまらないでしょ。いくら桐人が優秀でも、優太が桐人と全く同じだったら、つまんない。優太まで出来が良かったら、気楽に愚痴《ぐち》や悪口言う相手がいなくなっちゃうもん」

「なんだ。僕のいいとこって、出来が悪いから、兄貴より気楽に愚痴や悪口言えるとこかよ？」

優太は仏頂面《ぶっちょうづら》で言った。

「昔ね……」

目線を遠くに向けて、母は話題を変えるように、ふいに言った。

「うちの食卓には、いつも真っ白なテーブルクロスがかかっていた」

5

うち？

うちって、母が生まれた家のことかなと優太は思った。

「いつも洗い立ての染《し》み一つない真っ白な麻のテーブルクロスだった。わたしの母が白が大好きな人だったから、カーテンもシーツもみんな真っ白々」

「…………」

「それが少し怖かったな」

「怖い……？」

優太は不思議そうに聞き返した。

白が怖い？

「白は清潔で好きだけど、ちょっと怖い。ほら、白って、小さな染みを付けただけでも目立つでしょ。食事のときなんか、何かこぼして汚さないようにって、いつも、少し緊張してた。汚したところで、母は決して怒るような人じゃなかったけどね。穏やかな優しい人だったから。ただ、黙って、すぐに洗い直して、元の真っ白なテーブルクロスにするだけだった。それでも、うちのテーブルクロスが真っ白じゃなくて、かわいい模様とか色の付いたものだったらよかったのにって思ってた。そうしたら、少しくらい染みを付けても目立たないから、食事の時間がもっと楽しくなるのにって」

「そういえばさ」

優太が言った。

「うちのテーブルクロスもカーテンもみんな模様や色が付いてるよね。ベッドのシーツも、白くないし。あれって、お母さんの趣味？」

沙羅はその質問には答えず、唐突に言った。

「桐人って、あの真っ白なテーブルクロスに似てるのよ」

「え？」

「白すぎて怖い。自分の息子なのに、あの子といると、少し緊張してしまう。昔、あの白いテーブルクロスの前に座ったときみたいに。染みや汚れを付けないようにって。模様や色のあるテーブルクロスなら、多少の染みを付けても目立たないでしょ。だから、ほっとできる。それがおまえよ」

「…………」

優太は母のたとえ話がよく分からないというような顔をした。

「たとえばね」

母はこう言い直した。

「お母さん、煙草吸うでしょ。桐人の前だとなんとなく吸いにくいのよね。あの子、咎《とが》めるような目で見るから。でも、おまえの前なら平気で吸える」

「僕は、べつにお母さんが煙草吸ってても、なんとも思わないもん」

「煙草が身体に悪いことは確かなんだから、吸わない方がいいんだけどね。それでも、時々無性に吸いたくなるのよ。悪いと分かっていて」

「僕は平気だよ。藤堂のおやじの葉巻の匂いは嫌いだけど、お母さんの吸う煙草の匂いは好きだ」

「それに」

母はためらったあと、思い切ったように言った。

「おまえ、お父さんのお葬式のとき、遺影に向かって、泣きながら『無駄死にだ』って叫んだことあったでしょ」

「……うん」

「集まった人たちがみんな、お父さんを英雄扱いして褒め讃えていたときに、おまえだけが、『お父さんは英雄なんかじゃない。こんなの無駄死にだ』って叫んだよね」

「そう思ったんだもん。あのあと、兄貴に殴《なぐ》られたよ。お父さんを侮辱するなって。お父さんは英雄だ。自分の命も顧みず子供を助けた英雄だ。無駄死になんかじゃないって。今度そんなこと言ったら許さないって」

「わたしもね。あのとき、おまえと同じこと思ってた」

「え……」

優太は驚いて母の顔を見つめた。

「こんなの英雄じゃない。無駄死にだって」

「…………」

「あの人には学者としてもっともっとやることがあった。もっともっとすごい研究とか成し遂げるはずの人だった。新聞にだって違うことで載るはずの人だった。それなのに、一度注意しても危険な遊びをやめなかった馬鹿な子供と命を引き換えにしてしまうなんて。よその子供助けて、自分の子供たちから父親を奪ってしまうなんて。何が英雄よ。あなた、大馬鹿よ。こんなの無駄死ににじゃないのって、心の中で叫んでた。もう少しで口に出しそうになったとき、おまえが同じことを叫んでくれた。それで、はっと正気に戻って、なんとか胸のうちにおさめることができたのよ」

「…………」

「子供が言えば、子供だからと許されることでも、大人が言ってはいけないことがあるからね」

「…………」

「桐人の前ではこんなことは絶対に言えない。あの子は心の底からお父さんのしたことを今でも英雄的行為だと信じているから。優太の前だから正直に言えるのよ。優太の良さって、そういうとこ。わかった？」

「…………」

これで褒められたのだろうか。

「そうだ。ついでだから、お兄ちゃんの悪口、言っちゃおうか」

母は悪戯っ子のような表情になると、そんなことを言いだした。

「兄貴の悪口？」

それは大賛成だが、あの兄に悪口を言いたくなるような欠点があっただろうか。優太は疑問に思いながらも嬉しそうに答えた。

「言おう言おう」

大いに語ろう。

「桐人ってさ、時々、奥歯にものがはさまったような嫌みな言い方しない？」

「奥歯にものがはさまるって？」

「思ってることをストレートに言わずに遠回しに言うこと。たとえばね」

　母は言った。

「わたしの喫煙癖にしても、そんなに嫌なら、『やめろ』って一言言えばいいのに、『お肌に悪いよ』とか『禁煙できるガムがあるんだってね』とか、話のついでにさりげなーく言うのよ。ああいう言い方って、嫌みっぽくない？」

「嫌みだ」

　優太は力強く賛成した。

「それと、車の運転でも、時々、頭に来ること言うし」

「なんてなんて？」

「お母さん、車庫入れって、そんなに何度もやり直すほど楽しい？　って」

「僕なら、下手くそって言う」

「そこがおまえとあの子の違いなのよ。あの子にしてみれば、ストレートに言えば、相手が傷つくと思って、気を遣って遠回しに言ってるのかもしれないけど」

「単なる嫌みだ。嫌み以外のなにものでもない。兄貴には、そういう嫌みを言う癖が確かにある。前に、お母さんの運転する車に比べれば、ジェットコースターなんてゆりかごみたいだって言ってた」

「……………」

「右折表示出しながら、いきなり左に曲がったり、後ろ見ないで、いきなりバックするって。誰かを轢《ひ》き殺す前に車の運転なんかやめてママチャリにした方がいいって」

「そんなこと言ったの？」

「言った」

正確には、言ったのは僕だけど、兄貴はそれを聞いて笑いながら同意した。言ったも同然だ。

「…………」

しばらく、二人は黙っていたが、

「これ内緒よ。万引きのことも、二人でお兄ちゃんの悪口言ったことも」

母がようやく言った。

「うん」

「お。もうこんな時間だ。帰って夕飯の支度しなくちゃ」

母は腕時計を見ながら、ブランコから勢いよく立ち上がった。

「やだ。もっと、兄貴の悪口言いたい」

「もうないよ」

「だったら、僕のいいとこ言って」

「今、言ったでしょ」

「そんなんちっともよくないじゃん。もっといいとこ言って」

「もう思いつかないよ」

母は困ったように言った。

「お母さんが僕のいいとこ思いつくまで帰らない」

優太はブランコの綱にしがみつくようにして駄々《だだ》をこねた。

「あ。優太のいいとこ、思いついた」

「何？」

優太は期待を込めて母を見た。

「すごくいいとこ」

「早く言って」

「逃げ足が速いとこ」

「…………」

「保育園のときから、おまえ、悪戯したあとの逃げ足だけは速かったじゃない」

「…………」

褒めてるのか？

「駆けっこしよう。うちまで競走。よーい、どん」

母はそう言うと、スカートを翻して駆け出した。

「なんかうまく乗せられちゃったな」

優太はぶつぶつ言いながらも、渋々ブランコから立ち上がった。

そして、スカートを翻らせて走っていく母の後ろ姿を見ながら思った。

お母さんが好きだ。

お母さんだけだ。

兄貴と比べないで、僕のいいとこも見てくれるのは。

だから、誰よりも好きだ。

この世で一番好きだ。

6

「僕の勝ちー」

得意げに叫んで、玄関に飛び込むや否や、優太は鼻をくんくんさせた。葉巻の残り香がする。

「藤堂のおやじ、来た？」

怒ったような顔で振り向いた。

「来た」

母は息を切らしながら答えた。

「万引きのこと、おやじに話した？」

「話すというか、居間で電話取ったから、書店の人とのやり取り、藤堂さんに聞かれちゃったかも」

「やばー」

優太は天を仰ぐように見ると、

「あのおやじに知られたってことは、千夏にも知られたってことか。明日、クラス中に言い触らされる。風邪ひいたって言って休もうかな」

「ずる休みは駄目。それに、千夏ちゃんはそんなことする子じゃないよ」

母はキッチンの方に行きながら言った。

「そんなことする奴だよ。お母さんの前では猫かぶってんだよ、あのメガネザル」

優太は、二階にある自分の部屋にも行かず、カバンを背負ったままカルガモの子のようについてきた。

「そう？　わたし、あの子、好きだけどな。面白い子じゃない。ちょっと変わってて。漫画描いてるんだって？」

母はキッチンに入ると、エプロンを取り、それを着けた。

「変わりすぎ。漫画家になりたいんだってさ。コミケとか行ってるみたいだし、同人誌にも描いてるみたい。授業中もこっそり漫画描いてて、時々、先公にチョークぶつけられたりしてるよ、あのメガネザル」

　優太は、対面式カウンターに母と向かい合うように腰かけた。

「あいつ、ド近眼だからさ、漫画描くとき、紙なめるような格好して描くんだ」

「メガネザルとか言っちゃ駄目。女の子はそんな言われ方すると、すごく傷つくんだから」

　母はタマネギの皮を剝《む》きながら、たしなめるように言った。

「あいつだって、僕のこと、チビとかニキビとか呼ぶんだぜ。最近なんか、縮めて、ニキチビなんて言いやがるんだ」

　優太は膨れっ面で答えた。

「お、ニキチビか。うまいこと言うねぇ。わたしもこれからそう呼ぼうかな」

「何だよ。お母さんまで。それに、何かっていうと、兄貴と比べやがるし。こっちだって、いいかげん傷ついてるんだ。おあいこさ。それに、あいつってばさ、親戚から貰ったとかいう超不細工なブルドッグの子に『優太』って名前付けやがってさ、そのくそ犬のことを毎日毎日学校で話すんだ。『優太がソファでおもらしした』とか、『エサ見せると、よだれダラダラ流す』とかさ」

　母は笑いながら聞いていた。

「あれって、絶対いやがらせだ」

優太はカウンターに頬杖をついて、貧乏揺すりをしながら、夕飯の支度をする母の姿をぼんやりと見ていたが、

「ねえ、お母さん」

「うん？」

「今でもお父さんが好き？」

「好き」

「死んじゃったのに？」

「死んじゃっても好き」

「永遠に好き？」

「永遠に好き」

「再婚なんかしないよね」

「しないよ」

「この先、お父さんよりかっこいい人が現れても？　すっごく金持ちでかっこいい人が現れても？」

「しない……と思う」

「藤堂のおやじとも？」

「藤堂さん？　なんで、わたしと藤堂さんが再婚しなけりゃならないのよ」

「あのおやじも、奥さん亡くしてひとりだしさ。お母さんに気があるみたいだし」

「まさか」

「あるって。たいして用もないのに、毎日みたいにうちに来るじゃんか。お父さんが死んでから、特に。あれって、お母さんに会いたいからだ」

「何を馬鹿なことを言ってるの。藤堂さんは画商だよ。うちに来るのも仕事だからよ。今日だって、絵が一枚売れたって報告しに来てくれただけ」

「そんな用なら電話で済むじゃんか」

「…………」

「この前だって、たまたまこっちの方面に来る用があったんで寄ったとか言ってたじゃん。白々しい嘘つきやがって」

「とにかく、藤堂さんはもちろん、わたしは誰とも再婚なんかする気はないから。当分はね」

沙羅は話を打ち切るように言った。

「絶対？」

「くどい」

「藤堂だけは絶対にやだからね」

優太はしつこく言った。

「そんなに藤堂さん、嫌いだったの？」

「あのおやじも嫌いだけど、あいつとお母さんが結婚したら、千夏ときょうだいになっちゃうじゃんか。あんなメガネザルと同じ家で暮らすなんて嫌だ。うちが密林になる」

「千夏ちゃんも嫌われたもんねぇ。あの子、メガネはずすとかわいいよ。気が付いてる？」

「メガネなんか関係ない。顔もだけど、あいつは性格が極悪なんだよ。顔ブスプラス性格ブスなんだから、処置なしだよ、あんなの」

「いつから千夏ちゃんのこと、そんなに嫌いになったの？　昔は仲良かったじゃない。保育園のときなんか、大きくなったら、千夏ちゃんをお嫁さんにするって宣言してたのに」

「いつからって」

　優太は呟いた。

　それは、たぶん、千夏が兄貴の話ばかりするようになった頃からだ……。

「あいつの顔と目と性格が日に日に悪くなっていくうちにだよ。それに僕よりでかくなっちゃったし」

「おまえがチビすぎるのよ」

「あ、チビって言ったな」

「ごめん。ニキチビか」

「…………」

「でも、千夏ちゃんの方は、おまえをまだ好きみたいじゃない？」

「そんなことない」

「そう？　だって、今年のバレンタイン、あの子から初めて手作りチョコ貰ったんでしょ？　義理チョコだった？」

「あれは勘違いチョコ」

「勘違いチョコ？」

「僕にくれたんじゃなくて、兄貴に渡してくれって意味だったんだってさ。それを僕が勘違いして食っちゃったもんだから、あいつ怒ったのなんのって。だったら、最初から自分で直接渡せって。紛らわしいことすんなって」

優太は険悪な表情で言い捨てた。

「千夏は兄貴が好きなんだよ。僕を手なずけて、なんとか兄貴に近づこうとしてるんだ」

「そうかなぁ……？」

母は懐疑的な表情をした。

「千夏っていえばさ。僕の名前って、聖書に出てくるユダとかいう奴から取ったの？」

優太は言った。

「ユダ？」

「お母さん、クリスチャンでしょ？」

「…………」

「お母さんの『沙羅』って名前も、聖書に出てくる女の人の名前なんだって？」

「旧約聖書にね。お母さんのお父さん、つまりおまえのお祖父《じい》さんが牧師さんで、クリスチャンだったのよ。それで、お母さんにそんな名前を付けたの……」

「だったら、僕と兄貴の名前も、きっと聖書から取ったんだって、千夏が言うんだよ。あいつ、変なことといっぱい知ってるんだ。語呂からして、キリストとユダに違いないって」

「違うよ」

母はきっぱりと言った。

「違うの？」

「クリスチャンといっても、生まれてすぐに洗礼を受けたからで、わたしの意思というわけではないし、聖書もそんなに読んではいないし。だから、聖書の人物を子供の名前に付けたりしないよ」

「そうなの？」

「そうよ」

「なんだ」

優太がほっとしたように息を吐いた。

「よかった。千夏の奴が変なこと言うもんだから、ちょっと心配してたんだ」

「変なことって？」

「キリストはともかく、ユダって、悪い奴なんでしょ。キリストの弟子だったくせに、お金のためにキリストを裏切ったとか。そのためにキリストは捕まって磔《はりつけ》になったんでしょ。ユダがキリストを殺したようなもんじゃん。そんな悪党と同じ名前だなんて嫌だなぁって思ってたからさ」

「…………」

「じゃさ、僕の優太って名前はなんで付けたの？」

「おまえの名前は」

そう言いかけて、母は少し考えるように黙り、

「優しい子になるように……優太」

「それだけ？」

「それだけで十分でしょ？」

「兄貴は？　僕の名前がユダから取ったんじゃないとしたら、兄貴の桐人って名前も、

キリストから取ったんじゃないの？」

「そう。桐人という名前はキリストとは全く関係なし。昔……」

沙羅は思い出すような目をして言った。

「お母さんの生まれた家の近くに桐の木があったの。桐の花って知ってる？」

「桐って花咲くの？」

優太は逆に聞き返した。

「桐の花って意外に知られてないのよね。木や葉の方は箪笥《たんす》とか紋で有名なのに。お母さんも最初は知らなかった。子供の頃、誰かに教えてもらったのよ。あれが桐の花だよって」

「…………」

「紫色の清楚《せいそ》な花だった。それが、初夏の頃になると一斉に花開いて、とてもいい匂いがするの。それから桐の花が大好きになった。だからね、お父さんと結婚して子供ができたら、女の子だったら『桐花』、男の子だったら『桐人』にしようって決めてたのよ……」

7

ダイニングルームの廊下側のドアが開いたとき、沙羅は、テーブルに頬杖をつき、細巻き煙草をくゆらせながら、ウイスキーの水割りを飲んでいた。

ドアが開いて、顔を出したのは、パジャマ姿の桐人だった。

「起きてたの？　もう三時だよ」

桐人は言った。

「なんか寝付かれなくてね……」

沙羅はやや疲れた声で答えた。

「おまえこそ、まだ起きてたの？」

「トイレに起きただけ。そしたら、ここの明かりが漏れてたから」

桐人は、小さなあくびをしながら中に入ってくると、椅子を引いて、母と向かい合うように座り、

「酒と睡眠薬、一緒に飲んじゃだめだよ？」

心配そうに言った。

「薬、切らしちゃったのよ。明日、病院行って貰って来なくちゃ」

「まだ薬飲まないと眠れない？」

「最近はそうでもなかったんだけどね……」

「優太のせい？」

「え？」

沙羅は、吸いかけの煙草を灰皿に押し付けて揉《も》み消しながら、長男の顔を見た。

「眠れないのは優太のせい？」

「…………」

「あいつ、本屋で万引きして捕まったんだって？」

「誰に聞いたの？」

沙羅は驚いたように息子の顔を凝視した。

「優太にだよ」

「優太がしゃべっちゃったの？」

桐人は頷いた。

「悪口言ったことも？」

「悪口？　誰の？」

「な……何でもない」

沙羅は慌てて打ち消すと、舌打ちした。

「あのおしゃべり。お兄ちゃんには内緒にしておこうねって言ったのに」

「二人きりで秘密作るなよ」

「そういうわけじゃないけど。おまえに知られたら、優太がまたいじけると思って」

「あいつ、いじけ虫だからなぁ」

桐人はくすりと笑ったあとで、

「優太のことは心配しなくていいよ。万引きなんて二度としないと思うから」

桐人は確信ありげな口調で言った。

「そうであることを祈るけどね」

「大丈夫だって。あいつは馬鹿だけどワルじゃないから。大体さ、もっとワルだったら、万引き見つかったときに、店長に食ってかかるなんてことしないよ」

桐人はそう言ってにやりと笑った。

「僕だったらさ、万引き見つかったら素直に謝って、なんでこんなことしたって聞かれたら、お父さんがリストラにあって、お母さんが重病で入院中で、今うちにお金がないから、参考書が欲しくても買えない。でも、勉強したくて、つい悪い事と知りながら盗んでしまいました、今度からは新聞配達します、とか泣きながら言うよ」

「…………」

「こう言えば、まさか警察ざたにはならないでしょ。アマチャンの店員だったら、同情までしてくれてさ、そのまま放免になるかもしれない。ま、いまどき、こんな理由で万引きする奴なんていないだろうけどさ。こういう言い訳を咄嗟《とっさ》に思いつく知恵もないんだよ、あいつには」

「そんな悪知恵ならない方がいいけどね」

「だから、中二の参考書にしろって言ったのに。それを中一のと間違えるなんて……」

桐人は独り言のように呟いた。

「今なんて言った？」

「僕なんだよ」

桐人は悪びれた様子もなく言った。

「何が？」

「あのゲームというか、賭けしようって持ちかけたの」

「……………」

「あいつ、クラスの友達とか言ったんでしょ、お母さんには。違うよ。僕だよ。あの本屋で、参考書万引きして、後で戻しておけ。それができたら五千円やるって、優太に言ったのは」

沙羅は言葉も出ないほど驚いた顔で、桐人を見つめていた。

「そんな顔しないでよ」

桐人は少し慌てたように言った。

「冗談だったんだよ。まさか、あいつが本気にするとは思わなかった。ゲームソフト買う金欲しいって言うからさ、ほんの軽い冗談のつもりで言ったら、優太の奴、真に受けちゃったんだよ。ホント、馬鹿だよ、あいつは」

「……どうして」

沙羅はようやく言った。

「クラスの友達なんて嘘ついたのかしら」

「さあ。あいつなりの義侠心《ぎきょうしん》かな。ていうか、お母さんにこれ以上心配かけたくなかったのかもしれないね。優等生の僕まで万引きに加担してたって知ったら、お母さん、もっとショック受けると思ったんじゃないかな」

沙羅は内心の動揺を鎮めるためか、半ば無意識のように、新しい煙草を取り出して、それに火をつけた。

桐人はそんな母の様子をやや咎めるような目で見ていたが、何も言わなかった。

沙羅は、息子が目の前にいるのも忘れたかのように、しばらく煙草を吹かし続けていた。

「お母さん」

痺《しび》れを切らしたように、桐人が声をかけた。

「え？」

沙羅は夢から覚めたような顔で息子を見た。

「僕たちがしたことはそんなに悪いこと？」

桐人は、澄んだ目で真っすぐ母を見つめて聞いた。

「お母さんがそんなにショックを受けるほど悪いことなの？　盗む気はなかったんだよ、最初から。それでも罪を感じなければいけないの？」

「もう少しで警察呼ばれそうになったのよ？　それなのに悪くないとでもいうの？」

「それは、社会の決めたルールに反したからでしょ。確かに、優太は、レジを通さずに商品を外に持ち出そうとした。たとえ、後で戻しておくつもりだったとしても、社会的ルールの観点からは、それだけで、『窃盗』に相当してしまう。でも、僕が言っているのは、そういう社会的ルールの話ではなくて、心の問題なんだよ」

「心の問題？」

「心のモラルに反したかどうかってこと」

「…………」

「お母さんはクリスチャンでしょ？」

「…………」

「キリスト教では、『汝《なんじ》、盗むなかれ』って戒律があるよね」

「それは、モーセの十戒にある教え。キリストの言葉というわけでは……」

「でも、イエスは、山上の説教で、自分はモーセの十戒を含めた律法の継承者であり完成者であって、否定者でも破壊者でもないと断言している。当時のユダヤ人が律法学者も含めて、モーセの教えを守らなくなって風紀や規律が乱れていたから、もっと教えを守れと言ったんだよ。それなら、モーセの十戒はそのままイエスの教えでもあったはずだ」

「…………」

「それに、この『盗むな』の『盗む』は、たんに窃盗や強盗レベルの意味じゃないと思うけど……」

「おまえさ」

沙羅が何か言おうと口を開きかけたが、

「とにかく、キリスト教徒なら絶対に人の物を盗んではいけないんだよね。人の物を盗む気で盗んだら、法律や社会ルールがどうこういう以前に、キリストが禁じた罪を犯したことになるんだよね。この場合、優太は、この戒律に反したことになるんだろうか」

「ちょっと待ってよ。こんな真夜中に変な宗教論争吹っかけないでよ」

沙羅は頭痛がするというように額に片手をあてた。

「それに、わたしは一応クリスチャンだけど、おまえたちは関係ないでしょ」

「でもさ」

桐人はじれったそうに言った。

「どうだろう。優太は、キリストが禁じた『盗み』を犯したことになるんだろうか」

「…………」

「たとえ盗む気はなくても、結果的に盗んだことになるんだよね？」

桐人は真剣な顔で詰め寄った。

「そう疑われてもしようがない行為だったのは確かよね」

「僕は」

桐人はきっぱりと言った。

「優太は社会ルールに反しただけで、『盗みの罪』は犯してないと思うんだ。だから、お母さんは心配しなくていいよ。優太はまだ汚《けが》れてはいないから」

「汚れる？」

沙羅はぎょっとしたように顔をあげた。

「罪を犯した人間は、少しずつ汚れていくんだ。そして、最後の審判の日に、多くの汚れ切った罪人はその報いを受けるんだよね。聖書にそう書いてあった」

「聖書なんて読んでるの？」

「まあ。神話や古典を読むようなもんだよ。欧米の映画とか小説とか、聖書のエピソードをモチーフにしたものが多いから、知っているとより深く楽しめるからさ。スタインベックの『エデンの東』とかね」

「そう……」

「でも、聖書って、読んでて頭がクラクラするくらい矛盾だらけなんだよ。全然、一貫性がない。たとえば、ある時は、イエスは『汝の敵を愛せ』なんて言うほど『超平和主義者』かと思えば、一方で、『わたしは地上に平和をもたらすためではなく、争わせるために来た。わたしの教えを受け入れない者は、みな敵とみなす』みたいなことも言っているんだよ。とても平和主義者とは思えない。支離滅裂もいいとこだ。たぶん、これは、イエスの死後、弟子たちが師匠の教えを自分勝手な解釈で広めたものを寄せ集めたせいかもしれないけどね」

桐人はそう言って笑った。

「もし、イエスが現代にタイムスリップしてきて、あれほど『偶像崇拝するな』と戒めたのに、よりにもよって、自分がパンツ一枚の姿で磔にされた恥ずかしい姿を、信者たちが教会で有り難がって拝んでいるのを見たら、激怒のあまり憤死するんじゃないかな」

「…………」

「あ、でも、キリスト教の悪口言ってるわけじゃないよ。名言だなって思える言葉も沢山あるし」

桐人は幾分慌てて言った後で、突然、

「ねえ、僕の名前って、キリストから取ったんじゃないって本当？」と聞いた。

「え？」

「優太から聞いた。僕の名前って、お母さんが好きだった桐の花から取ったんだって？」

「ええ……」

「それ聞いて嬉しかった」

「嬉しかった？」

「うん。だって、キリストなんてブッダと並ぶ世界的な聖人じゃない。そんな聖人の名前貰ったら、名前負けしそうで、荷が重かったんだ。友達にも、名前のことで、よくからかわれたし。そうじゃないって分かって嬉しかった。正直言うと、今まで、自分の名前、あんまり好きじゃなかったんだ。これからは好きになれそうだよ」

「そう……」

「ねえ、お母さんが好きな桐の花って、お母さんが生まれた家に咲いてたの？」

桐人はなおも聞いた。

「家の近くにね」

「その家ってどこ？　東京？」

「いいえ。地方」

沙羅の口調が心なしか重くなった。

「地方ってどこ？」

「…………」

「お母さんが子供の頃、家族が事故で亡くなったって聞いたけど、どんな事故だったの？」

桐人は聞き続けた。

「お父さんみたいな鉄道事故とか？」

「事故は事故よ」

沙羅はそっけなく答えると、

「だから、どんな事故？　車の事故？」

なおも聞こうとする息子を遮るように、

「三時半すぎたよ。寝なくていいの。明日、起きられないよ」

時計を見ながら沙羅は言った。

「あ、本当だ。明日、早朝練習があるんだ。もう寝よっと」

桐人は慌てたように、椅子を引いて立ち上がると、

「おやすみなさい」

と言って、ダイニングルームを出ていこうとしたが、

「優太の奴さ」

戸口のところで、何か思い出したような顔で振り向くと、笑いながら、

「名前のことでもひがんでやがんの。僕の名前の方がお母さんの思い入れが深いって。そんなのしょうがないよね。誰だって、最初の子にはいろんな期待や夢をかけるだろうからさ。あいつって、ホント、ひがみっぽい」

「…………」

「お母さん」

「なに？」

「僕は反対じゃないよ」

「なによ、急に」

「お母さんが再婚するの」

「…………」

「お父さんが亡くなって三年たったし、再婚したかったらしてもいいんじゃない。僕は、お母さんにこのまま僕たちを育てるだけの人生を送ってほしいとは思わないよ」

「桐人……」

「優太は反対みたいだけどね。あいつはガキだから何も分かってないんだ。僕はかまわないよ。それが藤堂のおじさんだろうと誰だろうと。反対しない。お母さんが良いと思って選んだ人ならね」

桐人はそれだけ言うと、もう一度「おやすみ」と言って、ダイニングルームを出て行った。

沙羅は、階段を昇って行く長男の足音を聞きながら、薄くなった水割りを、氷の音をカラカラとたてながら口に運んだ。

深いため息と共に……。

第二章　奇妙な手紙

1

「おい、藤堂」

頭上から呼びかけられても、藤堂千夏は、顔もあげず、机に覆いかぶさるようにしてケント紙に向かっていた。

「藤堂千夏！」

「…………」

「そのサルづら、あげろって」

優太はズボンのポケットに両手を突っ込んだまま、仏頂面でどなった。

千夏は無視して作業を続けている。

土曜日の放課後。

がらんとした教室で、千夏一人が机に向かって漫画を描いていた。

「おまえ、耳まで悪くなったのか。今度は補聴器が必要だな」

そう嘲笑《あざわら》うと、ようやく千夏が顔をあげた。

「うるさいなぁ。今、忙しいんだから。あんたと無駄話してる暇なんかないの。しっしっ」

鼻までずり落ちた眼鏡を指で押し上げながら、千夏は迷惑そうに片手を振った。

「しっしっとはなんだよ。犬追っ払うみたいに。俺はおまえんちの馬鹿ブルじゃないぞ」

「……似たようなもんだ」

千夏は呟いた後、面倒臭げに言った。

「なんか用?」

「用があるから呼んだに決まってるだろ。じゃなきゃ、誰がおまえみたいなメガネザルに声かけるか」

「用って何? 早く言え」

「俺の名前のことだけどさ」

優太は、千夏の隣の机の上に、どっかと腰をおろすとあぐらをかいた。

「ユダとかいう奴から取ったんじゃないんだってさ」

「おばさんに聞いたの?」

千夏は興味を持ったように、ペンを持つ手をとめて、分厚いレンズごしに優太をじっと見上げた。

「うん。兄貴の名前もキリストとは関係ないって」

「え、そうなの」

千夏は驚いたように声を張り上げた。

「あんたの方は偶然かと思ってたけど、桐人君の方は絶対にキリストから取ったんだと思ってた」

「違うって」

優太は兄の名前の由来を説明した。

「マジ？　桐の花から取ったなんて超素敵。そっちの方が桐人君にピッタンコかも」

千夏は大はしゃぎで拍手した。

「あのさ。どうでもいいけど、なんで、おまえ、いつも兄貴を君付けで呼ぶんだ。一学年上だろうが。一応先輩だぞ」

「だって、桐人君って三月生まれでしょ。ってことは、早生まれだから、学年は一個上だけど、生まれた年は同じなんだから、君付けでもいいじゃん」

「…………」

「三月五日が誕生日だから、魚座だよね。知ってる？　魚ってキリスト教のシンボルでもあるんだよ。魚座生まれで桐人なんて名前で、お母さんがクリスチャンときたら、誰だって、キリストから取ったと思うじゃない」

「ちなみに俺も三月生まれの魚座だぞ。知ってたか？」

優太が自慢そうに言った。優太の誕生日は三月十五日だ。そのせいで、いつも誕生祝いは、兄の誕生日のおまけのような形で一緒に行われてしまう。それがいつも不満だった。

「あ、そ」

千夏は二言で片付けた後で、

「星占いの本によると、魚座って、聖人か罪人になるかの両極端な星なんだって。ま、桐人君の場合は聖人側に決まってるけど、あんたは気を付けなさいよ……」

「なんだよ、気を付けろって」

「罪人側に回らないように」

「ちぇっ」

優太は舌打ちしながら、内心、ぎくっとしていた。まさか、こいつ、本屋での万引きの件知ってるんじゃないか、と。

「おまえ、兄貴のことになると、ホント、詳しいな」

「当たり前でしょ。あたしは、私立慶明学園『キリヒト倶楽部』の副会長だもん。桐人君に関するデータはぜーんぶここに入ってるって」

千夏は得意げに自分の額を指さした。

「なんだ、『キリヒト倶楽部』って？」

「弟のくせに知らないの？」

「知るか、そんなもん」

「我が学園のアイドル、日向桐人君を讃え、キリストのごとく敬い、純潔を守る倶楽部」

「ファンクラブかよ。純潔を守るって、女の子じゃあるまいし」

優太はけっという顔で吐き捨てると、

「兄貴が『純潔』だなんて、どうして分かるんだよ」

とせせら笑った。

「だって、まだ彼女いないでしょ」

「おまえ、馬鹿か。彼女なんかいなくても、男っていうのは」

「顔見れば分かるよ。桐人君は、あんたと違ってニキビだらけで脂ぎってないもん。さわやかだもん。清潔そのものって顔してるもん」

「ぶっちゃけて言えば、兄貴が特定の彼女を作らないように、ブスどもが監視と牽制をしあう倶楽部ってとこか」

「おあいにくさま。会員は女ばかりじゃありません。男子の数も多いよ。桐人君はサッカー部のヒーローでもあるから、同性にも人気があるんだよね。あんたも会員になる？　弟って特権で会費免除してやる」

「会費まで取るのかよ。誰がそんなもんに入るか」

優太は唾でも吐きかねない顔をした。

「ただ今、『キリヒト倶楽部』のホームページも作成中。ネットを通じて、全国からも会員を募るつもり」

「全国からって、アホか。アイドルやタレントじゃあるまいし。兄貴が有名なのも、せいぜいこの学園の中だけだろ。そういうのを井の中の蛙《かわず》とかいうんだ」

優太は鼻で笑った。

「井の中の蛙はあんたの方」

千夏は言い返した。

「それに、あんたのアクセントじゃ、胃の中の蛙。食用蛙かって」

千夏は、そう毒づいたあとで、

「優太って、ネットの恐ろしさ知らないね。テレビ系アイドルに飽き飽きした連中が、日夜、ネットで、新鮮な素人アイドルを探してるんだよ。ただ、実態は、自称アイドル、自称イケメンばっかしで、見ても、どこが？　って言いたくなるようなもんばかりだけどね」

「おまえに言われたくないって」

「でも、『キリヒト倶楽部』のサイト立ち上げて、桐人君の写真を何枚か載せたら、絶対に全国から会員が集まるって。サッカーしてるとことか、デジカメで撮ったのが何枚もあるから、すぐに使えるし」

「盗み撮りしたのかよ？」

「…………」

千夏は一瞬ばつの悪そうな顔をしたが、

「ホームページに使うのは本人にも見せて、許可取ってあります」

と澄ました顔で答えた。

優太は兄の話にはうんざりしたという顔で、

「勝手にやってろ」

と言い捨てると、あぐらをかいていた机の上からピョンと飛び降りた。自分の机の方に行くと、カバンを背負った。

「帰るの？」

千夏が声をかけた。

「これ以上、おまえの話なんかに付き合ってらんないよ」

さっさと教室を出て行こうとした。

「ちょっと待って」

千夏が突然呼び止めた。

「なんだよ？」

優太は足を止めると、膨れっ面のまま振り向いた。

「じゃさ、あんたの名前の由来は何？」

といきなり聞いた。

「は？」

「あんたの名前だって由来くらいあるんでしょ。ついでに聞いてやる」

「ついでかよ。俺の名前は」

優太は言い渋ったあとで、

「優しい子になる……」

と母から聞いた言葉を伝えかけたが、

「優秀で肝っ玉の太い男になるように。それで、優太って付けたんだってさ」

と胸を張って大嘘をついた。

「優秀で肝っ玉の太い男になるように？」

千夏は大声で繰り返したあとで、盛大に吹き出した。

「ぶははっ。見事に名前負けしとる」

優太は笑いころげる千夏を無言で睨みつけていたが、つかつかと千夏の机の前まで戻ってくると、

「それとな、俺って、お父さんの中学時代にそっくりなんだって」

「誰がそっくりだって？」

「俺」

「桐人君じゃなくて？」

「俺の方がお父さんの子供の頃に似てるって」

「嘘だぁ」

千夏は信じられないという顔で言った。

「あんなにかっこよかったおじさんが、中学のときはあんたみたいだった？　信じられない、そんな話」

「嘘じゃないってば。お母さんがそう言ったんだもん。お父さんとは中学の同級生だったんだ。あの頃のお父さんって、チビでニキビだらけの昆虫オタクだったたって。それでも、お母さんは好きだったたって。初恋の人だったたって」

優太はむきになって言った。

「それはさ、おばさんが優太を慰めようとして嘘ついたんじゃないの？」

千夏は疑わしそうに言う。

「違う。お母さんは嘘なんかつかない」

「じゃさ、証拠見せなよ」

「証拠？」

「論より証拠。うちに写真あるでしょ。おじさんの子供の頃の写真。中学の卒業写真とかさ。それ、持ってきなよ。それ見て、あんたの言う通りだったら信じてやる」

「写真か……」

優太は思案するように呟いた。

「証拠見せない限り、そんな話、ぜーったいに信じないからね」

「よし。分かった。来週持ってきてやる。それ見て、もし、俺の言うことが嘘じゃないと分かったら、おまえ、どう落とし前つける？」

「あんた、やくざ？」

「素っ裸で校庭十周するか？」

「…………」

「ま、貧乳の裸なんて見たがる奴いないから意味ないか」

「それよかさ……」

千夏は、何を思ったのか、にんまりとほくそ笑んで、

「あんた、昨日、本屋で万引きして捕まったんだって？」

と囁くように言った。

2

嗚呼《ああ》……。

優太は思わず天を仰いだ。

やっぱり、こいつに知られていたのか。

朝方、ひやひやしながら登校したのだが、千夏はその件については全く触れなかったし、クラスに噂が広まっている様子もなかった。

ということは……。

藤堂が優太の気持ちを察して、娘には話さないでおいてくれたのか。あのデブおやじもいいとこあるじゃんと感謝しかけていたのだが。

やはり、その考えは甘かった。

「パパが言ってたんだけどさ」

千夏が含み笑いをしながら続けた。

「完全無欠の桐人君にも一つだけ欠点があるなって」

「なんだよ、兄貴の欠点て」

「あんたみたいなろくでなしの弟がいること。それが最大の欠点だってさ」

「…………」

「優太さ、馬鹿やるのもいいけど、これ以上桐人君の足引っ張るんじゃないよ。あんたが馬鹿やるたびに、身内として彼にも迷惑かかるんだからね」

「あれは兄貴が……」

優太は言いかけて口をつぐんだ。

「あんたなんかどうせドブに落ちた子犬みたいに最初から泥まみれだけど、我らが桐人君は洗いたてのシーツみたいに真っ白なんだからね。汚《きたな》い泥ひっかけないでよね」

千夏は母が言ったようなことを言った。優太は必死に沈黙を守った。

「じゃさ、こうしよう」

千夏が突然ひらめいたという顔で言った。

「あんたの言う通りだったら、万引きの件、誰にも言わないでおいてやるよ。そのかわり、もし嘘だと分かったら」

千夏は魔女のような目つきで優太を見た。

「どうなるか分かってるよね？　噂というものは疾風のごとく広まるのよ。特に悪い噂はね」

「…………」

「今はネットというものもあるしね」

「………」

「分かった？」

優太は唾をごくんと呑み込んでから頷いた。こいつって本当、中世の魔女みたいだ。ペン持つよりホウキにまたがってる方が似合いそうだ。魔女狩りが復活して、誰か、こいつを火あぶりとか心臓に杭《くい》打つとかしてくれないかな……。

「おまえ、相変わらずキショい漫画描いてるな」

そんなことを腹の中で思いながら、優太は千夏の描いている漫画を見下ろしながら言った。

「その、半分死にかけてる髪の長い女はなんだよ。女のくせにヒゲあるじゃん」

「女じゃない。これはキリストだよ」

「キリスト？　それが？　どう見ても、ヒゲのある栄養失調の女にしか見えん」

「失礼な」

「じゃ、その横にいる、目の中に星がいっぱいある黒髪の美少年っぽいのは？」

「これ？　これはユダ」

「ユダ？」

優太は目を丸くした。

「ユダって、弟子のくせにキリスト裏切った奴だろ。悪役だろ。そんな美少年に描いていいのかよ」

「漫画だからいいの。聖徳太子だって、漫画の中では超美形に描かれてるんだから。それに、これはユダが主人公の話だから美形に描かなくちゃ。今ね、キリストとユダの話を描いてるの。ユダは、キリストの弟子の一人だったのに、なぜキリストを裏切り、死に追いやったのか、てのがテーマ」

「金のためだったんだろ。おまえ、そう言ってたじゃん」

「聖書にはそんな風に書いてあるんだけどね。銀貨欲しさに、キリストを売ったって。でも、あたしの解釈はちょっと違うんだよね」

千夏はそう言って、ペンを指先に挟んだまま、

「ユダはキリストを売った後、貰った銀貨を神殿に返して、首吊り自殺してるんだよ」

「へえ」

「キリストを裏切ったのを後悔してって話らしいんだけど、お金のためにキリストを死に追いやった男が、いくら後悔したからって自殺するかなぁ。それに、お金はちゃんと返してるんだしね。そこがあたしには疑問なんだよね。もしかしたら、ユダはお金のためにキリストを裏切ったんじゃないのではないか。何か他に動機があったんじゃないか」

「なんだよ。他の動機って？」

「キリストの弟子の中で、ユダが一番信仰心が薄くて不実な者だったように聖書には書かれているけれど、あたしは、それは逆だと思うんだよね」

千夏はペンを指先でもてあそびながら、優太に話すというよりも、自分の考えをまとめるような目つきで続けた。

「ユダ以外の弟子たちだって、そんなに最初から強い信仰心を持っていたわけじゃないんだよ。げんに、キリストが捕まったとき、弟子たちは自分に害が及ぶのを恐れて、みんな、キリストのことなんか『わしゃ知らん』って言って逃げちゃったんだから。裏切り者はユダだけじゃないんだよ。むしろ、キリストに一番忠実で信仰心が篤かったのはユダだったんじゃないかと……」

「だったら、なんで、キリストを裏切ったんだよ。おまえの話、おかしいや」

「まあ、そこが明快に説明できるような単純な話じゃないんだけどね。なんていうかなぁ、ユダはキリストを信じ愛していたけれど、愛すれば愛するほど、キリストの教えを守ろうとすればするほど、自分とキリストの違いを思い知らされたんじゃないかな。『神の子』であるキリストと並の人間にすぎない自分との天と地ほどの差を。どう努力しても、教えを守ろうとしても、ただの人間である自分にはキリストのようにはなれない。結局、ユダってすごく人間臭い奴だったのよ。欠点とかもいっぱいあって。だから、最後には、キリストを愛するがゆえに、どうやってもキリストのようにはなれない自分に対する絶望感のようなものに駆られて、キリストを裏切ってしまった」

「…………」

「つまり、あの裏切りは、キリストを愛するがゆえの絶望的な行為だったのよ。ほら、愛しすぎたがゆえに恋人を殺してしまうなんて怖い話があるじゃない。ああいう心理にちょっと似ているような。あたしの言ってること、分かる？」

「サッパリ分からん」

優太はあっさりと斬って捨てた。

「だろうな。あんたみたいな単細胞には、こんな複雑な話を理解しろって方が無理かもね」

千夏は、そうぼやいたあとで、

「でもさ、考えてみると、当時、あれほど迫害されていたキリスト教がここまで広がり、教祖であるイエスの名が不動になったのも、元はといえば」

千夏が言いかけると、

「誰だよ、そのイエスって？」

優太が不思議そうな顔で聞いた。

「だから、キリストの名前だよ」

「キリストって、もう一個名前があるのか？　それとも、『キリスト』が名字で『イエス』が名前？」

「バカ、キリストって『救い主』とか『主』って意味で、元はギリシャ語の『クリスト』が語源。『油を注がれし者』って意味」

「油って、石油？」

「石油注いでどうするんだよ。オリーブ油だよ。当時は、『特別な人』を表すのに、オリーブ油を注いだらしい」

「ふーん」

「つまり、『イエス・キリスト』ってのは、『主なるイエス』って意味。ま、縮めてキリストって呼んでるんだけど。ついでに教えてやると、キリスト教もイスラム教もユダヤ教もルーツは同じ。一人の神様を、違う呼び名で呼び合って崇《あが》め奉っているんだから、兄弟みたいなもん。中東で争いが絶えないのは、仁義なき兄弟喧嘩《げんか》をダラダラやっているようなもんだ。ってか、『やらされている』のか」

「やらされているって誰に？」

「さあね。戦争やると儲かる人たちじゃないの。今や、ビジネスなんだよ、戦争は……なーんてのはパパの受け売りだけどね」

千夏はため息をついた後で、思い出したように、

「あ、それでさ、話を戻すと、キリスト教が世界的に広まったのも、元はといえば、ユダのお陰ともいえるんだよね」

「なんで？」

「だって、そうじゃない。ユダがキリストを裏切って密告したから、キリストは捕まって磔になったわけでしょ。磔になったから、復活できたわけでしょ。復活できたから、キリストが『神の子』であるという証明ができたわけで、それでどっと信者が増えたわけだからさ」

「…………」

「もし、あのとき、ユダに裏切られず、キリストが磔にならなかったとしたら、キリストは『神の子』としての証《あかし》を示すことができなかったんだよ。変な説教してまわる頭のおかしなおっさんくらいにしか思われなかったかも。キリストがどんなに布教活動をしても、『神の子だという証を見せろ』って迫る人々が当時は沢山いたんだから。教えを説くだけでは、信者は増えない。磔になって一度死んで、それで蘇《よみがえ》るっていう、普通の人間にはできない派手なパフォーマンスをやってのけて、初めて、それまで疑っていた人まで信者になったんだからさ。そう考えると、ユダがちょっと可哀想な気がするんだよね」

「可哀想？」

「だって、キリストのその後の名声は、ユダの汚名の上に成り立ってるんだよ。キリストを裏切った他の弟子だって、キリストが復活してからは、またちゃっかりと弟子に舞い戻って熱心に布教活動とかしちゃってさ、今もなお、キリストと十二人の使徒なんて敬われているのに、ユダだけが、自殺してしまったから、他の弟子みたいに汚名返上ができないまま、今日に至っても、裏切り者の代名詞にまでなって蔑《さげす》まれ続けている……」

「あほくさ」

優太が退屈したように、大あくびをしながら、千夏の話を遮った。

「聖書に書いてあることなんて、どうせみんな作り話だろ。嘘っぱちだろ。キリストが一度死んで生き返ったとかさ。そんな話、信じる奴の気がしれないや」

「おばさん、クリスチャンでしょ。そんなこと言っていいの？」

「クリスチャンつっても、お母さんは、自分の意思でなったわけじゃないってさ。その証拠に、うちにある聖書なんて埃《ほこり》かぶってる」

優太は、けけと笑ったあとで、

「しかし、おまえの妄想力もたいしたもんだな。ま、せいぜい、漫画の中だけでも、ユダとかいう奴の汚名返上してやれや」

千夏にそう言うと、今度こそ帰ろうと戸口の方に行きかけたが、

「あ、そうだ」

と何か思いついたように立ち止まった。

「あのさ、千夏。おまえのおやじに言っとけよ。用もないのに、あんまりうち来るなって」

「え？」

千夏はきょとんとした顔で、ずり落ちた眼鏡をまた指で押し上げた。

「お母さん、狙っても無駄だって。お母さんは誰とも再婚する気ないってさ。どんなかっこいい奴が現れてもな。ましてや、おまえのデブおやじなんか」

「何それ？」

「おまえのおやじ、用もないのにうちに来すぎなんだよ。どうせ、お母さんが目当てなんだろ。お互いひとりだから、あわよくばって思ってんだろ。隠したって、俺には分かってるんだからな」

千夏は何か言おうと口を開きかけたが、

「……それはあるかも」

と呟いた。

「おまえといい、おまえのおやじといい、理想高すぎ。ったく、似た者親子だよな」

優太は憎々しげに言い放った。

「パパはともかく、あたしは理想高くないよ」

千夏は口をとがらせて言った。

「ていうか、低すぎるくらい……」

「んなこと言って、狙ってんじゃん、兄貴のこと」

「あれは狙ってるんじゃなくて、学園のアイドルとして憧れてるだけ。彼女になりたいとか独占したいとか、ぜんぜん思ってないよ。大体、桐人君じゃ倍率高すぎ。あたしは現実主義なの」

「嘘つけ。兄貴にチョコ渡そうとしたくせに。俺が食っちゃったけど」

「あれは……」

千夏はややうろたえたように口ごもった。

「とにかく、おやじに言っとけよな。お母さんは死んだお父さんが今でも世界で一番好きで、おまえのおやじなんて眼中にないって。仕事で仕方なく付き合ってるんだからな。勘違いすんなよな」

「ねえ、あんた、ひょっとしたら」

千夏が優太の方を意味ありげに見ながら聞いた。

「マザコン？」

「…………」

「やっぱ、マザコンかぁ。そうじゃないかと思ってた。中二にもなって、母親の再婚をそんなに嫌がるなんて、ママを誰にも渡したくなーいっていう、マザコン以外のなにものでもないもんね。チビでニキビの上にマザコンなんて。オエー。最悪」

「うるさい。お母さんのことは好きだ。それがマザコンっていうなら、俺はマザコンだ。悪いか」

優太は開き直ったように言った。

「安心しなさいよ。あたしも、二人の再婚には反対だから。もし、そんなことになったら、全力で阻止してやるから」

千夏も険悪な表情になって言い返す。

「へえ、そうなのか」

優太は意外そうな顔をした。

「誤解しないでよ。あたしは、パパの再婚そのものは反対しない。あんたみたいなガキじゃないからね。ファザコンでもないし。パパにはまだ男としての人生もある。それを娘として尊重しているつもり。でも、あんたのお母さんだけは嫌。って、別に、おばさんが嫌いってわけじゃないけど。むしろ、好きだけど……」

「そうだったのか。おまえはてっきり賛成するかと思ってたよ。だって、二人が再婚すれば、おまえ、兄貴と兄妹になれて、同じ家に住めるからさ」

「そりゃ、桐人君と兄妹になれるのは嬉しいけどさ」

千夏はそう言って、ためらった後、

「もう一人の方とは絶対にきょうだいになんかなりたくないもん。それが反対の理由」

「はじめて意見が一致したな」

優太は一瞬傷ついたような顔をしたが、すぐに強がるように言った。

「俺もおまえみたいなメガネザルときょうだいになって一緒の家なんかに住みたくない。うちがサル臭くなる。学校で会うだけでうんざりしてるのに、うち帰ってもおまえのサルづら見なきゃならないなんてな。ド近眼をうつされたら困るし」

「それはこっちの台詞《せりふ》。あたしだって、あんたのニキビづらなんて、うち帰っても見たくない。チビうつったら困るし」

千夏も負けずに言い返した。

「女はチビの方がかわいいんだって。おまえ、でかすぎ。メガネのでか女なんて、ホント、かわいくなさすぎ」

優太はそう言い捨てて、教室を出て行った。誰もいなくなった教室で、千夏はダーと机に覆いかぶさっていたが、やがて、ぽつんと呟いた。

「クソチビ。あのチョコ作るのに何時間かかったと思ってるんだ。鈍感すぎ……」

3

「ねえ、お母さん」

日曜日の午後。母がアトリエに使っている離れの部屋のドアを開けて、優太は中にいる母に呼びかけた。

母は、絵の具で汚れたジーンズ姿で大きなキャンバスに向かっていた。

「お父さんの写真、どこ？」

「ドアの札、見えなかった？」

母は振り返りもせずに言った。

アトリエのドアノブには、ホテルで使うような「邪魔するな」という意味の英語の札がかけてあった。

これがドアノブにかけてあるときは、創作中だから、用があってもなくても入るなという意味だった。

「お父さんの写真が必要なんだよ」

「居間のアルバムにあるでしょ」

「そうじゃなくて、古いやつ。お父さんが中学生のときの写真だよ」

優太はそう言って、昨日、千夏とした約束のことを話した。

「古いアルバム、どこにしまったかなぁ。物置にあるんじゃない」

母は上《うわ》の空《そら》で言う。創作モードに入ってしまった母はいつもこうだ。何を話しかけても、取り合ってくれない。

「物置も探したけどないよ」

母は答えない。

「明日、学校に持っていかないと、千夏に万引きのこと言い触らされちゃう」

「あの子、そんなことしないって。口だけよ。言い触らす気があったら、昨日のうちに言い触らしてるでしょ」

「だけど……」

優太がなおも言おうとすると、

「今、忙しいから後にして」

母はついに癇癪《かんしゃく》を起こしたようにどなった。

優太は渋々、アトリエのドアを閉めた。

そのとき、玄関の方からチャイムの音が連続して鳴り響いた。

この悪徳訪問販売みたいなチャイムの鳴らし方は……。

悪い予感を覚えながら、優太はアトリエを後にすると、居間にあるインターホンを取った。

「あたし」

応えた声には聞き覚えがあった。

母の従妹《いとこ》の高井利江《りえ》だ。

玄関に出てみると、利江が幼い娘の手を引いて立っていた。

「従姉《ねえ》さん、いる？」

利江は開口一番そう言った。

旦那が出張だとか接待ゴルフだとかでいない休日は、三歳になる娘の詩音《しおん》を連れて遊びに来ていた。

「いるけど、今、これ」

優太が両手の人差し指でばってんを作りながら言うと、それだけで了解したらしく、利江は「あ、そう」と頷き、わが家に帰ってきたような気楽さで、さっさと中に入ってきた。

「ああ、暑い暑い」

と言いながら、一直線にダイニングルームまで行くと、勝手に冷蔵庫を開けて、麦茶のペットボトルを取り出すと、グラスに移して飲み干したあと、

「ちょっと、これ、冷えてないじゃない」

と優太に向かって文句を言った。

「詩音ちゃんも飲む？」

利江は猫撫で声で娘に聞いた。

「詩音たん、ジューチュがいい」

幼い娘が回らない舌で答える。

「ジュースか。えーと、ジュースジュース」

利江はそう言いながら、冷蔵庫を物色したあと、オレンジジジュースのペットボトルを取り出すと、それを娘に分け与えた。

まるで出戻りが羽を伸ばしているような有り様だった。

「ばかに静かね。あんた一人？　お兄ちゃんは？」

利江はダイニングテーブルの椅子にどっかりと大きな尻を据えたあと、あたりを見回すようにして聞いた。

「兄貴はサッカーの練習試合とかで朝から出かけた」

「こんなに良い天気なのに、あんたはどこにも行かないの？」

「僕は……しゅ、宿題があるから」

優太がもごもご言うと、

「宿題ねぇ。どうせまた背中丸めて、テレビゲームでもやってたんじゃないの」

利江は意地悪く言った。

図星だった。

「じゃ、僕は、しゅ、宿題の続きやるから」

優太はそう言い残して、ダイニングルームを出ると階段を昇りかけた。

途中で振り返ると、詩音が後ろにくっついてきた。

「何くっついてくるんだよ。戻れって」

怖い顔をして言うと、

「詩音たん、ユータンと遊ぶんだもん」

幼い娘は屈託のない笑顔を見せた。

「ついてくんな。じゃないと、ここから蹴落《けお》とすぞ」

優太が片足を振り上げて蹴る真似をすると、詩音はうわーんと大声で泣きだした。

「詩音に何したのよ」

娘の泣き声を聞いて、利江がすっ飛んできた。

「な、何もしてないよ。戻れって言っただけだよ。こいつ、うざいんだもん。くっついてきて」

「詩音は物好きにもあんたが好きなのよ。うちでもユータンユータンってうるさいくらいなんだから。遊んであげてよ」

「やだよ。宿題やるんだから。詩音と遊んでる暇なんかない」

優太は憤然と答えた。

「いいじゃない、ちょっとくらい。ね、一時間でいいから。あたしが昼寝する間だけ」

「昼寝……」

他人《ひと》の家に来て、この女、昼寝までするつもりか。優太は呆《あき》れたような顔で利江を見下ろした。

「じゃ、お小遣いあげる。詩音の面倒みてくれたら」

「ホント？」

お小遣いと聞いて、優太の顔色が変わった。

「いくらくれる？」

「千円でどう？」

「安い」

「じゃ、二千円」

「五千円」

優太はいきなり吊り上げた。五千円あれば、万引きに失敗して買いそびれたゲームが買える。

「五千円？　高いわよ」

利江が冗談じゃないという顔で抗議した。

「二千円。それ以上はびた一文出せないね」

「うーん。じゃ、それでいいや」

優太は仕方なく折れた。二千円でもけっこうな収穫だ。

「来い、詩音」

今度は詩音の手を引いて、階段を昇ろうとした。

「その代わり、二時間よ」

利江が声をかけた。

「え。一時間って言ったじゃん」

「一時間千円。二千円なら二時間じゃない」

当然のように言う。

「…………？」

なんか詐欺に遭ったような気分だ。首を傾げている優太に、

「あ、それとね。絶対に泣かしちゃだめよ。もし、泣かして、あたしの安眠を妨げたら、お小遣いはなしだからね」

利江は追い討ちをかけるように言った。

4

「ほら、これで遊んでろ」

部屋に入ると、優太は、ベッドの上に転がっていた古ぼけたテディベアをつかみ取り、詩音に渡した。

「わーい。ユータンだぁ」

詩音はぬいぐるみを抱き締めて頬ずりした。

利江は知らないが、詩音の好きな「ユータン」とは、優太ではなくて、このテディベアのことなのだ。優太の幼い頃の愛称がそのまま名前になっていた。

これは優太が生まれたときに、学会で海外にいた父が土産に買ってきてくれたものだそうだ。今となっては、父の形見になってしまった。

この十三年間、優太の人生はこのテディベアの「ユータン」と共にあった。小さいときは、必ず抱いて寝たし、実を言うと、今でも、こっそり抱いて寝ることがある。

十三年の間に、優太が流した涙も汗もよだれも全部、この「ユータン」が吸ってくれた。「ユータン」の匂いを嗅ぐと、気持ちが高ぶっているときも、なぜか落ち着く。父の匂いがする。煙草と汗の入り混じったような、ちょっと男臭く暖かい匂いが……。

ほかの玩具とは別格だった。

だから、誰にも触らせたくない。本当は詩音にも触らせたくないのだが、仕方がない。ユータンを取り上げれば、詩音がまた泣きわめくに決まっているからだ。泣かせたら、小遣いをせしめることができない。

「それでおとなしく遊んでるんだぞ」

優太がそう言うと、詩音は、自分の背丈ほどもあるユータンを抱き締めたまま、こくんと頷いた。

父の古い写真のことは、また夜にでも母に聞こう。優太はそう考えて、写真を探すのはあきらめ、部屋の隅にあるテレビをつけると、中断していたゲームを始めた。

詩音はベッドの上に這《は》い上がると、ぬいぐるみ相手に独り言を呟きながら、一人でおとなしく遊んでいる。

「ユータン。ママが今おっぱいあげまちゅよ」

「おっぱい、おいちいでちゅか」

「おなかいっぱいになりまちたか。ねむねむでちゅか。おひるねちまちょうね」

などと言っていたかと思うと、

「あなた、お風呂にちまちゅか。それとも、ごはんが先でちゅか。あなた、お酒くちゃいです。また飲んできたんでちゅか。おちごとがおもちろくないからといって、お酒ばかりのんじゃだめでちゅよ。えらい人になれまちぇん。じゃ、お風呂が先でちゅね」

なんてことをぶつぶつと呟いている。

両親の会話を再現しているつもりか。

「お洋服を脱ぎ脱ぎちまちょうね。ママが手伝ってあげまちゅ。ボタンがきちゅくてなかなか取れまちぇんねぇ。あ、取れまちた。あれぇ、ユータン、おなかにケガちてまちゅね。どうちたのでちゅか。パパのと同じでちゅね。もうちょーのあとでちゅか」

などとわけのわからないことを呟いていたが、三十分ほどもすると、詩音の呟きがぴたりとやんだ。

それまでゲームに熱中していた優太は、背後が急に静かになったのが少し気になって、コントローラを手にしたまま、振り返った。

静かなはずだ。

詩音はベッドの上に大の字になって、すやすやと寝息をたてていた。

そばには、それまで着ていたオーバーオールを脱がされた裸のユータンが転がっている。

「親子そろって昼寝かよ」

優太は舌打ちしながら立ち上がると、詩音の上にタオルケットをかけてやった。

ま、でも、寝ていてくれた方が助かる。

そう思いながら、裸のまま転がっていたユータンを取り上げ、詩音が脱がしてしまった服を着せようとしたとき、優太は、あることに気が付いて、「あれ？」と言った。

ユータンの腹のあたりに、縦に一筋、ぎざぎざの縫い目があったのだ。まるで、一度腹を裂いて縫い直したとでもいうような奇妙な縫い目が……。

「『もうちょーのあと』ってこれか」

優太は呟いた。

まさしく、それは開腹手術でもした跡のように見える。

なんでこんなものが……。

十三年間片時も離さず持っていたぬいぐるみの腹にこんな縫い目があることは、今の今まで気が付かなかった。

これが男の子と女の子の違いかもしれない。

優太は、これまでユータンと遊んでも、裸にしてお風呂に入れるという発想が湧かなかった。だから、これまで、ただの一度もユータンの洋服を脱がせようとしたことがなかった。お母さんがしたのかな。

優太はふと思った。

ぬいぐるみの腹が破れていたので縫い直したとか。

それとも。

優太の頭にとんでもない考えがひらめいた。まさか、このぬいぐるみの腹の中に、ヘロインとか何かやばいものが隠してあるんじゃないだろうな。

前に観た洋画で、そんなのがあった。麻薬の密売人がぬいぐるみの腹を裂いて、その中にヘロインを入れて縫い合わせ、幼児に持たせて運ぶとかいう話だった。

まさか、あのお父さんが麻薬の密売人なんてことはありえないから、きっと、何かの間違いで、ヘロインの入った方のぬいぐるみを持ってきてしまったとか……。

そうだ。

きっと空港で、荷物を受け取るとき間違えたんだ。

優太の空想は果てしなく広がった。

どうせ、お母さんが破れを繕った跡か何かに違いないだろうけど、念のため、開腹してみるか。

優太はそう決心すると、机の引き出しからカッターナイフを取り出し、ややためらってから、

「ごめん、ユータン」

と呟きながら、ユータンの腹の縫い目に沿って、ざくりとナイフを突き刺した。

ぱっくりと割れた裂け目に手を入れて、中を探ってみたが、むろん、ヘロインらしきものが入っている様子はなかった。

なんだ。やっぱり、ただの繕いの跡か。

とがっかりしかけたとき、詰め物の間をまさぐっていた優太の指が何かに当たった。

あれ？

何かある。

紙のようなものだ。

優太はそれをつかんで引っ張り出した。

それは小さく畳まれた便箋だった。

広げて見ると……。

白い便箋にはペン字でこう書かれていた。

「優太へ。

私の事が知りたいか。

母親に聞いても何も教えてはくれないだろう。たとえ、教えてくれたとしても、それは偽りの情報だ。彼女は決して、おまえに私の全てを教える事はないはずだから。

私の真実の姿が知りたければ、福田ヨシという人物を訪ねてみろ。預けておいたものがある。それを読めば、私の全てが解るはずだ。福田ヨシは岡山県の袈裟《けさ》村という所に住んでいる。

父より」

何だ、これ？

優太は目をまるくした。

父からのメッセージ？

どうしてこんなものがユータンの腹の中に……？

分からないことだらけだ。

メッセージの意味もさっぱり分からない。

私の真実の姿？

母親に聞いても何も教えてはくれないだろうとか書いてあるが、それどころか、母は父のことは、折に触れて、よく話してくれる。それとも、母の話してくれたことは、すべて「偽りの情報」だったとでもいうのだろうか。

でも、それはおかしい。変だ。

優太はその不可解なメッセージを何度も読み返しながら、首をひねり続けた。

ぬいぐるみを買ってくれたのは父だ。母からそう聞いている。だとしたら、やはり、このメッセージをぬいぐるみの腹の中に潜めたのも父ということか。

それとも、誰か他の人物？

それに、これは父の筆跡だろうか。優太の記憶にある父の字とはなんとなく違うような気がするのだが……。

でも、これは大人の字だ。

兄貴がこんな悪戯をしたとは思えない。

そうだ。

もしかしたら。

優太の頭にある考えがひらめいた。

これは、お父さんがしかけたゲームかも。

ＲＰＧもののゲームには、よくこういうパターンのものがある。あちこちを訪ねて、一つずつ手掛かりを得ていって、すべてのアイテムが手に入ったとき、謎が解け、真相に辿《たど》り着くというタイプだ。

優太の好きなゲームだ。今やってるのもそういうタイプだ。

お父さんもこういうゲームが好きだった。時には、優太が買ってきたゲームを取り上げて、自分が夢中になってしまうこともあった。二人で対戦型のをやったこともある。

お父さんには、大人のくせに、茶目っ気みたいなものもあった。子供と遊んでいると、自分も子供に戻ってしまうみたいなところが。生まれたばかりの息子に与える熊のぬいぐるみの中に、こんなメッセージを潜めておく。いつか、息子が大きくなったとき、何かの拍子にそれを見つけて……。

優太はそんな風に空想してみた。

あのお父さんなら考えそうなことだ。

わくわくしてきた。

便箋に書かれた、「私の真実」だとか「私の全て」なんて、どことなくものものしい文章も、ゲームだと考えれば納得がいく。

そうか。ユータンの腹から出てきた手紙は、お父さんが考えたゲームの最初のアイテムなんだ。

次のアイテムは、メッセージの中にある「福田ヨシ」という人物に会えば手に入るのかな。

これは面白いものを見つけたぞ。

誰かに話したいな。ユータンの腹の中からこんなものを見つけたと。

お母さんに話したい。ああ、でも、だめだ。創作中だから邪魔できないし。利江おばさんを起こしたら、お小遣いがもらえないし、詩音は小さすぎて話にならないし。

兄貴がいたら、兄貴に話すんだが。あいにく、夕方まで戻らないだろう。

誰かにしゃべりたい。

誰かに。

そのとき、優太の頭にある人物の顔が浮かんだ。

ま、あのメガネザルでいいか。

あいつなら彼氏もいないだろうし、日曜でも暇をもてあまして、うちでごろごろしてるに違いない。呼び出すには格好の相手だ。

優太は携帯を取り出すと、千夏の番号を押した。

5

「遅い！」

電話で約束した場所に行くと、先に来ていた千夏はさっそく文句を言った。

それは、本屋で万引きした帰り、母と一緒に寄った公園だった。

あのとき母が座っていたブランコに、今は千夏が座っている。近くに千夏のものらしきピンクの自転車が停まっていた。

「そっちが誘っておいて、遅れてくるとはどういうことよ？」

千夏は漕いでいたブランコを止めると、口をとがらせた。

「おまえ、早く来すぎ。それにチャリで来るって言わなかったじゃないか」

「誘った方が先に来て待ってるのが常識」

「誘った方って」

優太は鼻に皺《しわ》を寄せて言った。

「別にデートに誘ったわけじゃないんだから。おまえだったら、日曜でも暇してると思って呼び出したにすぎないんだから」

「で、なに。ユータンのおなかの中から出てきた変な手紙って」

千夏は促すように言った。

「これ」

優太は、ハーフパンツのポケットから例の手紙を取り出すと、それを千夏に渡し、隣のブランコに腰掛けた。

「……ホント。変なの」

俯《うつむ》いて読んでいた千夏は呟いた。

「な？　おっかしな内容だろ。おまえ、どう思う？」

「うーん……」

千夏は手にした便箋を睨みつけたまま唸った。

「俺はさ」

優太はブランコを軽く漕ぎながら、父のゲーム説を唱えた。

「ゲーム？」

千夏は眼鏡越しに優太を小馬鹿にしたような目つきで見た。

「おじさんがあんたとゲームするつもりでこんなもの書いたっていうの？」

「お父さんって、わりとそういうお茶目なとこあったから」

「いかにもゲーオタのあんたらしい発想だけど、それは、ちょっとなぁ……」

千夏はその説は支持しがたいという顔をしていたが、

「ねえ、これ、おじさんの筆跡？」

と聞いた。

「分からん。なんか違うような気もするんだけど」

優太が自信なさそうに答えると、

「分からんって、優太、おじさんの筆跡かどうかまだ調べてないの？　うちにおじさんが書き残したものとか何かあるでしょ。比べてみればすぐ分かるじゃん」

千夏は呆れたように言った。

「…………」

「あんたって、マジ鈍臭《どんくさ》い。まず、これがおじさんが書いたものかどうか調べるのが第一歩じゃない。すべての推理はそれからよ」

「…………」

返す言葉もない。千夏の言う通りだからだ。千夏は賢い。さすがに、優太より成績が良いだけのことはある。いつ見ても漫画ばかり描いているのに、成績はかなり上位の方だ。

「だけどさ、そこには、『父より』って書いてあるんだから、やっぱ、お父さんが書いたものだろ」

黙っているのも癪なので、精一杯抵抗した。

「ねえ、この『父』って、おじさんのことかな……？」

しばらく沈黙した後で、千夏がそんなことを言いだした。

「どういう意味だ？」

優太はなんとなくぎょっとして、漕いでいたブランコを止めた。

「つまりさ……」

千夏は言いにくそうに言った。

「この『父』って、日向明人氏じゃないんじゃないの」

「え……」

優太は茫然《ぼうぜん》として千夏を見つめた。

「じゃ、誰だよ？」

「優太の本当のお父さん」

「俺の本当のお父さん……？」

「そう考えると、『母親に聞いても何も教えてくれないだろう』とかいう文章の意味がおぼろげに分かるんだよね。それに、あんた、お父さんに全然似てないし」

千夏はなおも言った。

「優太はさ、日向明人氏の子供じゃないんだよ。本当のお父さんが別にいるんだ。でも、何か事情があって、その人は、父とは名乗れない。それで、あんたが生まれたときにプレゼントしたテディベアの中に、自分が父だと知らせる、せめてものメッセージを仕込んでおいた」

「…………」

「そう考えると、この手紙の意味が分かるんだけどなぁ」

「そんなことは絶対にない」

優太は憤然と言い切った。

「なんでそう言い切れる？」

「だって、お母さんが言ったもん。俺はお父さんの子供の頃によく似てるって。だから、俺はお父さんの子に間違いない。それに、おまえの言う通りだったとしたら、お母さんがお父さんと結婚したあとに、浮気でもしたみたいじゃんか」

「浮気かどうかは分からないけど、何か事情があって……」

「ないない。そんなこと絶対ない。お母さんはお父さんが世界で一番好きだって、今でもそうだって言ってたんだから。そんなことは絶対にしない」

「マザコンと話すとこれだからね」

千夏はやれやれというように肩を竦めていたが、思い出したように聞いた。

「あ、そうだ。写真どうなった？」

「え？」

「お父さんの子供の頃の写真。持ってきた？」

優太は力なく首を横に振った。

「ほら、やっぱり」

千夏はまた魔女のような目になって言った。

「ほんとは似てなかったんでしょ」

「違う。探したけど見つからなかったんだ。お母さんに聞こうと思ったけど、今、創作モードに入っちゃったから、全然取り合ってくれなくて」

「ふーん？」

「ほんとだってば。また探してみる。きっと物置の奥の方にあるんだ。前のマンションから今の家に引っ越したとき、使わなくなったものや古いもん、みんな物置にぶち込んでしまったからさ。よく探せば、きっと見つかるって」

優太は鼻の穴を膨らませて言い募った。

「分かった。見つかるまで猶予やるよ。たぶん、見つからないと思うけどね……」

千夏は意地悪く言ったあと、

「とにかくさ、うち帰ったら、手紙の筆跡とおじさんの筆跡を比べてみなよ。もし筆跡が同じだったら、あたしの今言った説は成り立たなくなる。でも、もし、筆跡が違っていたら……」

千夏はそこまで言うと、じっと優太の顔を見つめた。

「この手紙の件、おばさんには内緒にしておいた方がいいと思うよ」

6

千夏と別れて家に戻ってくると、家の中は墓場のように静まり返っていた。

時折、風鈴の音がけだるそうにチリンチリンと鳴っているだけだ。

母はまだアトリエに籠もっているようだし、利江おばさんは、クーラーをつけたまま、居間のソファで口を開けて熟睡中だった。

筆跡か。

お父さんが使っていた書斎に行けば、何か見つかるかな。でも、あそこは、お父さんが亡くなったあと、少し改造して、兄貴の部屋になってしまったから……。

あ、そうだ。

優太は思い出した。いつか、海外にいる父に手紙を出したら、絵葉書の返事が来たことがあった。それがどこかにあるはずだ。

優太は急いで二階の自分の部屋に戻った。

ベッドの上では詩音が母親と同じ格好で熟睡中だった。

机の引き出しを片っ端から開け、押し入れの中まで探して、ついに父の葉書を発見した。

あった！

優太は胸をドキドキさせながら、その葉書の筆跡と、手紙の筆跡を比べてみた。

同じに決まってる。

だって、この手紙はお父さんが書いたんだもの。お父さんが書いて、ユータンの腹に仕込んだんだもの。千夏が言ったことは、あいつ一流の妄想にすぎない。

そう心の中で念じながら、二つを見比べていたが、やがて、優太の顔からすーっと血の気が引いた。

似てない。

筆跡が全然似てない。

葉書の方は、少し右肩上がりの跳ねるような筆跡だったが、手紙の方は違う。

これは、お父さんが書いたものじゃない……？

でも……。

優太は必死に思った。

筆跡って、同じ人が書いても、違って見えることってあるじゃないか。メモか何かに書きなぐったときと、大切な書類にサインするときとか、全然筆跡が違うことだってあるし。

専門家が調べれば、細かい類似点とか見逃さないかもしれないが、ぱっと見ただけじゃ分からないこともある。

だから、これは二つともお父さんが書いたんだ。どんなに違って見えたとしても。

そう思い込もうとした。

そのとき、机の上に放り出しておいた携帯が鳴った。

優太は携帯を取った。

「あたし」

千夏だった。

「なんだ、おまえか」

「どうだった？」

千夏は勢い込んで聞いた。

「筆跡比べてみた？」

「うん……」

「どう？　似てた？　違ってたでしょ」

千夏は決めつけるように言った。

「似てたよ」

優太の口が頭よりも先に答えていた。

「え、そう？」

「そっくりだった。前にお父さんから貰ったエアメールの筆跡と比べてみたら」

「へえ」

「この手紙はやっぱお父さんが書いたもんだ」

「そうか。なんだ。じゃ、あたしの仮説はなしか」

千夏のがっかりしたような、ほっとしたような声がした。

「でも、よかったじゃん」

「…………」

「てことは、あんたの言うゲーム説もまんざらなしでもないか。とにかく、後は、その手紙にあった『福田ヨシ』とかいう人のところに行けば分かるんじゃない」

「うん……」

「行くつもり？」

「まだ分からん。岡山の袈裟村なんて、おまえ、聞いたことある？」

「ないけど、なんかさぁ、電車とバスを乗り継いでやっとこさ辿り着くような山奥の小さな村っぽいね」

「だよな。だとしたら、日帰りできないかもしれないし、旅費とかの金もないし」

「おばさんに言って、もらえば？」

「お母さんには内緒にしておけって言ったのおまえじゃん」

「それは筆跡が違ってた場合だよ」

千夏はそう言ったあとで、

「あ、でも、おばさんには、やっぱ言わない方がいいかも。もしかしたら、おじさんには、おばさんも知らないようなすごい秘密があって、それを息子のあんたにだけ、こっそり教えるつもりなのかもしれないから」

またまた千夏の妄想が炸裂した。

「千夏。おまえ、貯金どのくらいある？」

「まあ、そこそこにある方だけど」

いつだったか、千夏が貯金魔だと聞いたことがある。今まで貰ったお年玉や小遣いの殆どを貯金しているらしい。貯金して何かを買うつもりなのではなく、貯金そのものが楽しいのだそうだ。通帳を開いて、少しずつ増えていく残高を見ていると、自然に口元がほころぶとも言っていた。

こんな超低金利時代に貯金なんかして何が面白いのかと優太は思っていたが、今、それが役に立ちそうだ。

「三万、貸して」

「三万……」

千夏は思案するように呟いた。

「三万あれば、交通費とホテル代合わせてなんとかなると思うんだ」

「三万ねぇ」

「だめか。そんなに持ってない？」

「言っとくけど、あたしの貯金額はそのへんのＯＬより多いんだからね。三万なんてちょろいけどもさ」

「だったら、貸してくれよ。必ず返すから」

「返すあてあるの？」

千夏は疑わしそうに聞いた。

「小遣い貯めて、必ず返すって。ちょっと時間かかるかもしれないけど」

「ざっと十年くらい？」

「…………」

「まあさ、お金貸すのはいいけど」

千夏が言った。

「あんた、おばさんに何て言って行くつもり？　外泊なんて、ちゃんとした理由がないと許してもらえないでしょ」

それもそうだ。何も考えてなかった。

「なんか理由考えた？」

「まだ……」

「ホント、あんたって計画性ゼロだよね」

千夏はいつものごとく毒づいた後で、

「そうだ。こうすれば」

と何かひらめいたような声で言った。

「中山って覚えてる？」

「中山？」

「ほら、中山健一。中一のときに優太と仲良かった」

「ああ、あの中山か」

「あの子、去年の暮れに父親の仕事の都合で転校したよね」

「うん」

「中山んちに遊びに行くって言えば？」

「だって、あいつ、岩手だぜ。引っ越したの。盛岡って言ってた」

「いいじゃん。岡山にしておけば。親なんか子供の友達の転校先なんていちいち覚えてないよ」

「………」

「中山が転校先で友達ができなくて寂しがってて、優太に会いたがってるとかさ、巧く言えば、きっと行くの許してくれるよ。旅費も出してもらえるかも」

「おまえって……頭、いいな」

優太はつい感心して言ってしまった。

「今頃、気が付いた？」

「それで顔がサルに似てなかったら、俺の彼女にしたいくらいだ」

「三万、いらないんだね」

千夏の冷ややかな声がした。

「三万？　もういらん。おまえの案採用して、お母さんに出してもらうから」

「バーカ。ホテル代とかはどうするのよ？」

「あ」

「交通費は出してくれても、ホテル代までは出してくれないよ。だって、友達の家に泊まることになってるんだもん。必要ないじゃん」

「…………」

「それに、旅先って何があるか分からないから、少し多めにお金持ってた方がいいし。それでも、三万いらないんだね？」

「やっぱ、いる」

優太は素早く答えた。

「じゃ、あたしのこと、メガネザルとか言わない？」

「……言わない」

「デカ女とか言わない？」

「……言わない」

「誓う？」

「誓う」

「それじゃ、明日、学校で貸してやる」

「うん」

「うん、じゃないでしょ」

「サ、サンキュー」

「で、いつ行くつもり？」

「そうだな……」

優太は考えながら言った。

「夏休み始まってから」

「でも、大丈夫かな」

千夏が心配そうに言う。

「何が？」

「あんた、一人でホテルとか泊まれるかな？」

「どういう意味だよ」

「チビだから小学生と間違われて、保護者と一緒じゃなきゃだめって断られるかも」

「…………」

「そうなったらさ、僕、成長ホルモン不足で背が伸びなかったけど、ホントは童顔の大学生ですって言うんだよ」

「このメガネザ……」

優太は片手で口を押さえた。

「このメガネなんだって？」

「何でもない。おまえの言う通りにする。じゃ、明日、学校でな」

そう言って、携帯を切ろうとすると、

「ちょい待ち」

千夏が言った。

「何だよ？」

「キリヒト倶楽部、ついにアップしたよ。まずは試験的にだけど。検索して見てみな」

「ああ」

兄貴のファンサイトか。優太はたいして興味もなく、上の空で相槌《あいづち》をうった。

「クラブは漢字だよ。キリヒト日記に面白いこと書いてあるから」

千夏は含み笑いと共にそう言うと、向こうから電話を切った。

なんだ、面白いことって。

優太は一瞬疑問に思ったが、頭は、すぐにユータンから出てきた奇妙な手紙のことで占められた。

なんであんな嘘ついちゃったんだろう。

二つの筆跡は全然似ていなかったのに。そっくりだったなんて。千夏の言った可能性が消えたわけではないのに。それどころか、ひょっとしたら……。

だんだん不安になってきた。

つい嘘をついてしまったのは、これ以上、千夏に首を突っ込まれたくなかったせいかもしれない。筆跡が違っていたと言ったら、千夏は俄然《がぜん》、興味を持って乗り出してくるだろう。

もし、千夏の言ったように、本当の父親がいて、どこかに住んでいるとしたら。

そんなのは嫌だ。

僕は死んだお父さんが好きだった。

葬式のときは、悲しくて悔しくて、ついあんなこと言っちゃったけど、本当は、僕だって、お父さんを英雄だと思っている。

僕の中ではナポレオンよりも偉い英雄だ。

お父さんのような男になるのが夢だった。

それなのに……。

お父さんの子じゃないかもしれないなんて。

そんなことを思っていると、下の方で、「ただいまー」という元気の良い声がした。

兄貴の声だ。

他にも、口々に「お邪魔しまーす」とか「こんにちはー」という声がする。それまで死んだように静かだった家の中が俄《にわか》に騒々しくなった。

兄が友達を引き連れて帰ってきたらしい。

7

優太が階段を降りていくと、玄関から、真っ黒に日焼けした桐人が数人のサッカー仲間らしき友人を連れて、わいわい言いながら入ってきた。

「お母さんは？」

桐人は優太に聞いた。

「今、アトリエ。だから、これ」

優太は、利江にしたときのように指でばってんを作った。

「呼んでこいよ」

桐人は、ばってんを無視して言った。

「だめだよ。創作中は邪魔するなって、言われてるもん。兄貴だって知ってるだろ」

「僕が友達連れてきたって伝えれば出てくるよ。みんな、腹へらしてるって」

桐人はそう言うと、

「おい、こっち来いよ」

と仲間たちを居間の方に誘った。

そんなこと言ったって、出てくるもんか。

母がいったんアトリエに籠もったら、天の岩戸に閉じ籠もったアマテラスのごとく、おいそれとは出てこない。

優太はそう思いながらも、仕方なく、アトリエの方に出向いた。

「……お母さん」

ドアを開けて、おそるおそる声をかけると、母はキャンバスに向かったまま、案の定、返事もしない。

「お母さんってば」

「邪魔するなって言ったでしょ」

母の声は少し険悪だった。

「兄貴が友達連れて帰ってきてさ」

言いかけると、母の声の調子ががらりと変わった。

「え。お兄ちゃん、帰ってきたの」

絵筆を持つ手が止まった。

「腹へったって騒いでるんだけど」

「分かった。今、行くから」

母はパレットと絵筆を傍らに置くと、そそくさと仕事用のエプロンをはずしはじめた。なんだよ。

僕のときは振り向きもしなかったくせに、兄貴が帰ってきたと聞いた途端、いそいそとエプロンなんかはずしちゃって。

優太は不満そうな顔で母を見ていたが、

「あのさ、お母さん」

と母に呼びかけた。

「なに？」

「夏休み始まったら、友達の家に泊まりがけで遊びに行ってもいい？」

優太は息を吸ってから、一息で言った。

「友達って誰？」

母は、ようやく振り向いて息子の顔をまともに見た。

「な、中山。中山健一だよ。あいつからさっき電話があってさ、夏休みに泊まりがけで遊びに来ないかって」

「中山君って、去年の暮れに転校した子？」

「うんそう。そいつがさ、転校先で友達ができなくて寂しがってるんだ。で、僕に遊びに来ないかって。ね、行ってもいいでしょ？」

「中山君って、確か、転校先、岩手だったよね……」

母は思い出すように言った。

「違うよ。岡山だよ」

「岡山？　え、そうだった？　岩手の盛岡じゃなかった？」

母の記憶力は良かった。

「違うってば。岡山だよ」

優太は必死に言い張った。

「そうだったかしら」

母は額に指をあてて考えるような顔になった。

「ねえ、いいでしょ？　中山、すごく寂しがってた。電話の声、今にも泣きそうだった。僕に会いたいって」

「でもねぇ、日帰りならともかく、泊まりとなれば、あちらのおたくにも迷惑かけるし」

母はあまりいい顔をしなかった。

「大丈夫だよ。中山んち、両親が遅くまで働いてていないし、迷惑なんかにならないよ。ね、お願い」

優太は拝むように両手を合わせた。

母はまだ思案するような顔をしていたが、やがて決心がついたように、寄せていた眉を開くと、

「まあ、いいか。行ってらっしゃい」

と言った。

「かわいい子には旅をさせろとも言うし。あんたも中二なんだから一人で旅行くらいできるよね」

「いいの？」

優太は目を輝かせた。

「その代わり、向こうに着いたら、すぐに電話するのよ。それとも、こちらから中山君のお母さんに一言連絡入れておいた方がいいかしら。息子をよろしくって」

「そ、そんな必要ないって。中山のお母さんって、すごく忙しい人らしいから、電話な

んかしても出ないよ、きっと」

　優太は慌てふためいて言った。

「そう？」

「それでさ、旅費くれる……？」

「いいわよ。どうせ今月分のお小遣い全部使っちゃったんでしょ」

やった。

　優太は内心でガッツポーズを取ったあと、

「あのさ、その旅費なんだけどさ」

　母の顔色を見ながら切り出した。

「交通費以外にも少し多めにくれない？　ほら、中山のうちにメロンの手土産とか必要だしさ、旅先で何が起こるか分からないからさ」

「そうねぇ。交通費と足して、五万もあれば足りるかしら」

「え。五万……」

　優太はびっくりしたように聞き返した。

「少ない？」

「少ないというか」

　多すぎる。

「そうだ。お母さんのキャッシュカード持っていきなさい。足りなかったとき、お金おろせるように」

「うん」

カードまで……。

母は気前がよすぎる。芸術家だから、普通の主婦とは金銭感覚が違うみたいだ。

「暗証番号は、４２７４。覚えた？」

「４２７４。うん、覚えた」

死になよ、か。

「あの、それとさ、お父さんの写真のことだけど」

優太がさらに言いかけたとき、背後に人の気配を感じた。

振り返ると兄が立っていた。

「お母さん」

桐人は、戸口をふさぐように立っていた弟を押しのけて中に入ってくると、

「早く来てよ。みんな、腹、ぺこぺこだって。昨日のカレー残ってたでしょ。あれでいいからさ、すぐに作ってよ」

やや苛ついているような顔で言った。

「はいはい。今、行きます」

母は、画家から主婦の顔に戻ると、手にしていたエプロンを放り出すように置いて、アトリエから出てきた。

「ねえ、お父さんの写真……」

優太はもう一度せがんでみたが、母は、うるさいという顔つきで、「あとで」と言ってあしらうと、

「で、試合どうだったの？」

笑顔で、長男に話しかけた。

「勝ったよ。二対一の辛勝だったけど」

桐人は彫りの深い端整な顔に満面の笑みを浮かべた。額には汗が光っている。

「最後まで同点で競《せ》ってたんだけどさ、終了ホイッスル直前に一点入ったんだ」

「へえ」

「誰が入れたと思う？　僕だよ」

得意そうに言う。

「ホント？　凄いじゃない」

母は嬉しそうな笑顔を見せた。

「お母さんも観に行けばよかったなぁ。桐人が活躍するとこ見たかったな。応援に行けなくてごめんね」

「いいよ。どうせ練習試合だし。でも、頑張ったのは僕だけじゃないんだ。みんな頑張ったんだよ。だから勝てたんだ。御褒美《ごほうび》に何か御馳走してやってよ」

大人びた口調で言う。

「で、友達って何人？」

「今日来たのは四人。内田と松村と井上と西岡」

「カレー、足りるかしら」

「利江おばさんも来てるよ」

「あらそうなの。気が付かなかった。それじゃ、スイカでも切ろうか」

「うん」

母と桐人は肩を並べて、母屋の方に歩きだした。母の片手は、愛しそうに息子の背中に添えられ、二人とも楽しげにしゃべり笑い合っている。

母は振り向きもしなかった。

桐人といると少し緊張するとか言ってたけれど、やっぱり、お母さんは、兄貴が誇らしくてしょうがないんだ。

優太は、一人取り残されたような気持ちで、母と兄の後ろ姿をじっと見ていた。

8

「……桐人って、ホント、凄いよなぁ」

優太が、ふてくされた足取りで母屋に戻ってくると、居間の方から、爆発したような笑い声と共に、兄の友人らしき大声が聞こえてきた。

「ホイッスル直前のゴールなんて、ヒデローも真っ青の神業だよなぁ」

「まさに、あれは奇跡だ。桐人様様。まさしく神の子だ」

「なんかさ、桐人がチームにいるだけで勝てるって気がしない？」

「するする。すごく心強い。いつだったか、桐人が怪我で出られなかったとき、負けちゃったもんな」

「もし、桐人が将来サッカー選手になったら、ヒデローみたいになるかもな。運動神経だけじゃなくて、頭脳も抜群だからさ」

「ホントホント。頭脳抜群といえば、この前の数学のテストなんてさ」

開いたままのドアの陰から見ると、居間のソファは兄のサッカー仲間たちに占領されていた。みんな、真っ黒に日焼けした顔で、唾を飛ばして、口々に兄を褒め讃えている。

それを、昼寝から覚めた利江おばさんが笑顔で頷きながら聞いていた。

「学年で満点は桐人一人だけだったんだよ。抜き打ちで、おまけに、先生でさえ、今回は少し難しすぎたっていうくらいだったのに。平均点が四十点くらいだったんだぜ。それを、桐人だけが満点だと。先生も驚いていたよ。おまえ、相変わらず、すごいなって」

「もう、その話はいいって。あれはまぐれだって。山があたっただけだって」

　桐人は照れたように仲間の話を遮ろうとした。

「まぐれで、学年トップを維持できるわけないだろ」

「まぐれの連続さ」

「まぐれの連続を実力っていうんだよ」

「だけど、不思議なんだよな。桐人って、いつ勉強してるんだ。朝から晩まで、俺たちとサッカーの練習してさ。そうじゃないときは絵描いたり本読んだりしてるし」

「本もいっぱい読んでるよな」

「読んでる読んでる。中学生が読むとは思えないような難しい哲学関係の本も借り出してるって噂」

「それで睡眠時間は毎日六、七時間は取ってるんだろ？　どうやって、勉強する時間作ってるんだ？」

「そういえば、あたしもあまり桐人君が机に向かってるのって見たことないわ」

　利江が口をはさんだ。

「優太の方は宿題宿題って言ってるわりには、全然成績が伸びないみたいだけどね」

「優太の宿題ってテレビゲームのことだよ、おばさん」

桐人が笑いながら言った。

「どうりで、成績も背丈も伸びないはずだわ」

どっと笑い声が起こった。

「ようするに、桐人はさ、頭脳《あたま》の出来が俺たちとは最初から違うんじゃない。だから、やらなくてもできるんだよ。お父さん、学者だったし。遺伝の要素もあるんだろ」

「そういうことか」

「では、我らが天才日向桐人君を讃えて、麦茶でかんぱーい」

西岡という図体のでかいのが、おどけたように音頭を取ると、仲間たちは、「かんぱーい」と唱えて、みな手にした麦茶のグラスを高々とあげた。

利江おばさんまで同じことをした。

桐人だけが照れ臭いような顔で微笑していた。

窓から差し込む午後の日差しが、そんな兄の日に焼けた顔や艶やかな髪に当たっている。兄の周りに自然に友達が集まるように光が集まってくる。その光が兄の全身を柔らかく包み込んで守っているかのようにさえ見える。

神の御手《みて》に抱かれるように。

仲間たちに囲まれて笑っている兄は最高に輝いていた。

それをそっと盗み見ている優太の目には眩《まぶ》しすぎるほどに。

どうして……。

優太は唇を噛《か》み締《し》めながら思った。

高校生といっても通用するほど背が高く肩幅も広いのに、兄貴の肌は少女のように艶つやとニキビ一つなく輝いているんだ。どうして、大して努力もしないのに、勉強もスポーツも、何もかも完璧にやりこなせるんだ。どうして、あんなにみんなに愛されるんだ。どうして、僕が持っていないものを、兄貴はみんな持っているんだ……。

「だけど、桐人君て、ホントに友達が多いのね。いつ見ても、友達に囲まれてるじゃない。人気者なのねぇ」

利江の感心したような声がした。

「そりゃ人気者ですよ、桐人は。なんせ学校には『キリヒト倶楽部』なんてファンクラブまであるくらいだから」

「ファンクラブ？　アイドル並みねぇ。やっぱり女の子にもてもてなのね」

「そりゃ、すごいですよ。バレンタインデーなんて、いつも菓子屋が開けるほどチョコ貰ってるし」

「高等部や他校の女子からも来るんだから」

「でも、桐人、本当はチョコ苦手なんだよな？」

「うん、実はね……」

「だから、戦利品は全部、俺たちに分配してくれるんです。そのおかげで、俺なんか、妹に馬鹿にされずに済んでるんですよ。一つも貰えないと、妹のやつ、馬鹿にしやがるから」

「俺も」

「俺も」

「桐人って気前がいいんです。だから、女子だけじゃないんですよ。男子にもすごく人気あるんです」

「まあ、そうなの」

「同性にも人気があるのが本当の人気ですよ。先生方の信頼も篤いし」

「しかも、超優等生なのに、かまえたところとか、えばったところが全然ないしね」

「面倒見いいし、誰にも気さくに声かけてくれるし、クラス中からシカトされてるような嫌な奴にも、桐人だけは普通に話しかけたりするしな」

「そういえば、桐人って、絶対人の悪口言わないよな」

「そうそう。俺たちがさ、むかつく奴とか先生の悪口言ってるときも、桐人だけは絶対に尻馬に乗らないよな。黙って聞いてるか、トイレに行く振りして席立っちゃったりする」

「なあ、桐人。おまえ、むかつく奴っていないの？　一人くらいいるだろ？　猛烈に悪口言いたくなるような奴って」

「いるよ」

「あ、やっぱ、いるんだ。そりゃ、いるよな」

「でも、いくらむかついても、人前で悪口は言わないことにしている」

桐人は真顔できっぱりと言った。

「…………」

「だって、悪口言ってるときの人の顔って、すごく醜いから。目は意地悪く輝いて、小鼻膨らませて、口の端に泡ためて、唾飛ばして。悪口言ってるときの人の顔って醜いよ。豚以下だと思う」

「…………」

仲間たちはなんとなくばつの悪そうな顔になって、しーんとした。

「僕はあんな醜い顔はしたくない。だから、誰の悪口も言わない。どうしても悪口言いたくなるほどむかついたら、こっそり日記に書く」

「日記？」

「うん。それで書きまくって気が済んだら、そのページを消去する。そうすればストレス溜めなくて済むし、人前で醜い顔をしなくても済むだろ」

「へえ」

「パソコンでつけてるから、内容消去するのも簡単だしな」

「やっぱ、おまえってすごいや。俺なんかそんな風に思ったこともないよ」

仲間の一人が感心したように言った。

僕は人の悪口を言うのが好きだ。

優太は兄の声を聞きながら思った。

目を意地悪く輝かせて、小鼻膨らませて、口の端に泡ためて、唾飛ばして、人の悪口を機関銃のごとくしゃべりまくるのが大好きだ。

「優太。こんなとこで何してるの」

後ろから母の声がした。

振り向くと、母は、切りわけたスイカを大皿に載せて立っていた。

「おまえもおいで」

母は優しく言った。

9

大好物のスイカにつられて、優太は母の後について居間に入って行った。

しかし、ソファは、兄と兄の友人たちと利江おばさんで満杯状態だった。優太の座る場所がない。一つだけ空白があったが、それは母が座る場所だろう。

「僕の座るとこないじゃん」

優太は膨れっ面で呟いた。

「お母さん、いじけ虫が何か文句言ってるよ」

桐人が弟の方を見ながら言った。

「座る場所ないってさ」

「そんな顔してないで、台所の椅子持ってくればいいでしょ」

母はこともなげに言うと、スイカをテーブルの上に置いた。

日焼けした数本の手が、待ってましたとばかりにスイカに伸びた。

「僕、いいや。いらない」

優太はむくれて居間を出ようとした。台所の椅子を運んで来てまで、こんな場所にいたくない。どうせ、またえんえんと兄貴への賛辞や自慢話が続くだけなんだろうから。

「いらないの？　おまえ、スイカ大好きじゃない」

母が呼び止めた。

「無理にすすめない方がいいよ。こいつ、『スイカ怖い』だから」

桐人が何か思い出したような顔でにやりとした。

「スイカ怖い？」

母は怪訝そうに聞き返す。

「ほら、前に夜中にスイカ食べ過ぎて……」

桐人はそこまで言いかけて口をつぐんだ。

「ああ、あれ……」

母も思い出したように笑った。

「何？　食べ過ぎてどうしたの？」

利江が興味津々という顔で聞く。

「おねしょしちゃったのよ。小五のときに」

母は情けないという顔をした。

「おねしょ？　小五にもなって？　おねしょ？」

利江は大仰に聞き返した。

「うちの詩音だって、最近はおねしょなんてしなくなったわよ」

「だからさ、『まんじゅうこわい』ならぬ、スイカ怖い、なんだよ。優太の場合」

桐人が落語にひっかけて機転の利いたことを言うと、どっと笑い声が起こった。

優太は耳まで赤くして戸口に立ち尽くしていた。いたたまれなかった。走って部屋に逃げ込みたかった。

何も兄貴の仲間たちや利江おばさんがいる前で、こんな話を蒸し返さなくてもいいじゃないか。万引きがばれたより恥ずかしい。小五にもなっておねしょしたなんて話をばらされるのは。

優太は恨めしそうに母の方を見た。

でも、きっかけを作ったのは兄貴だ。母は忘れていたのに、兄貴が思い出させるようなことを言ったから。

悪いのは兄貴だ。

白い歯を見せてゲラゲラ笑っている桐人を、優太は憎悪にも近い気持ちで睨みつけた。

それに、あのとき、おねしょをしてしまったのは、スイカだけが原因じゃない。兄貴が寝る前に怖い話をしたからだ。田舎のボットン式トイレの穴から痩《や》せこけた青白い手が出てくるとかいう幽霊話だった。あれを聞いたせいだ。夜中にトイレに行きたくなったのに我慢してしまったのは。うちのはウォシュレットの水洗式だけど、もし、あんな気味の悪い手が出てきたらどうしようと思って……。

あれも兄貴のせいじゃないか。それを忘れて、スイカを食べ過ぎたことだけが原因みたいに言って。

兄貴は人の悪口は嫌いだって言ったけど、確かに、兄貴が人の悪口を言うのをあまり聞いたことはないけれど、でも、と優太は思った。

人の悪口を言うきっかけのようなものは、兄貴が作っている場合が多い。

たとえばこうだ。

「おい、この前転任してきた英語の先生、なんていったっけ、あの前髪の不自然な……」

さりげなく兄貴がこう言いだす。

すると、それを受けて、仲間たちは、その先生のかつら疑惑について話し始め、それがやがて、その先生の際限のない悪口へと発展していく。

兄と友達の会話を何げなく聞いていると、意外にこういうパターンが多い。自分できっかけを作っておいて、いざその話が悪口に発展すると、黙ってしまうか席を立ってしまうのだ。もちろん、兄貴本人には自分が悪口のきっかけを作っているなんて自覚はないのだろうが。

「さてと。そろそろ、おいとましようかな」

利江が時計を見ながら呟くと、

「優太、詩音は？」

と、ようやく娘のことを思い出したように聞いた。

「僕の部屋にいる。ユータンで遊ばしてたら、勝手に寝ちゃったから」

優太が答えると、

「起こしてくるか」

利江はソファから大きな尻を持ち上げ、居間を出ると、階段をどすどすと小走りに駆け上がった。しばらくすると、またもや荒い足音をたてて降りてきた。腕には、裸のままのユータンが抱えられている。

「ちょっと、優太」

利江は怖い顔でどなりつけた。

「何だよ」

「これ、あんたの仕業？」

利江はそう言って、ナイフで腹を切り裂かれたぬいぐるみを見せた。

「……それは」

優太はうろたえて口を開きかけたが、それをぴしゃりと遮るように、利江が言った。

「詩音起こして聞いたら、何も知らないって言ったわよ。お風呂に入れようとしてユータンの服脱がせただけだって。あんたがやったのね。どうして、こんなひどいことするの」

「…………」

「どうかしたの？」

母の声がした。

利江のどなり声に何事かと居間から出てきたのだ。

「見てよ、従姉《ねえ》さん。これ、優太がやったのよ。カッターナイフで」

利江はそう言って、腹が裂けて詰め物がはみ出しているクマのぬいぐるみを従姉《いとこ》に見せた。

母の顔が微かに歪んだ。

「おまえがしたの？」

母は優太の目を真っすぐ見て聞いた。叱《しか》るというには静かすぎる声だった。

優太は黙って頷いた。

「どうして、こんなことしたの？」

母は静かな声のまま尋ねた。

目には絶望に近い表情が浮かんでいる。

「…………」

「答えなさい」

母は厳しい声で言った。

「ユータンの腹を裂いたのは」

優太は思わず言いかけた。

ユータンの腹に奇妙な縫い目を発見したからだ。だから、何か入ってるのかと思ってナイフで裂いてみたんだ。そうしたら、中から変な手紙が出てきたんだ。

もう少しで母にそう打ち明けそうになった。喉元まで言葉が出かかったが、かろうじてそれを呑み込んだ。できない。今、母に話すことはできない。もし、あの手紙が死んだ父が書いたものではないとしたら。千夏の仮説通りだとしたら。母が優太の本当の父親のことを隠したがっていたとしたら。福田ヨシという人物に会って、真相を知るまでは、母には何も話せない……。

「むしゃくしゃしたからだよ」

優太は考えあぐねて、つい口走ってしまった。

「むしゃくしゃした？」

「そうだよ。なんかむしゃくしゃしてイライラしたから、ユータンの腹、カッターナイフで切り裂いてやったんだ。そしたら、すっとした」

母は何も言わなかった。ただ、哀しい目をして息子を見ていた。

「怖い子！」

利江が恐ろしげに優太の方を見ながら言った。

「優太。あんたって、そんな怖い子だったの」

「いいじゃねえか。たかがぬいぐるみ切り裂いたくらいで、がたがた言うなよ。人間の腹裂いたわけじゃないんだから」

優太はかっとして、利江に向かって毒づいた。

「な、なんてことを」

利江は身震いするように大きく身体を震わせると、

「従姉《ねえ》さん、優太、最近おかしいわよ。気をつけた方がいいよ。少年犯罪の芽って、こういうささいなところに潜んでいるんだって。玩具を壊したり、小動物をいじめたり。前にテレビでやってた。そういう残酷なことを子供がしはじめたら気を付けろって。さっきも、この子、詩音を階段から蹴落とそうとしたのよ……」

と、母に小声で囁いた。

「違う。あれは」

蹴る真似をしただけだ。本気で蹴落とそうとしたわけじゃない。

そう言いかけて、誰かの視線を感じて、ふと見ると、居間のソファからこちらを見ている兄と目が合った。

桐人は鋭い目付きで刺すように弟を見ていた。

それまで賑《にぎ》やかで明るかった居間の雰囲気が一変してしまった。どんよりとした険悪な空気が漂いはじめていた。わいわい騒いでいた桐人の仲間たちも、みな沈黙して、居心地悪そうに互いの顔を見合っている。

この世には……。

優太は思った。

良い歯車と悪い歯車がある。良い歯車はさらに良い歯車に接続していて、ひとたび、良い歯車に乗ることができれば、何もかもが良い方向へ良い方向へと上昇していく。でも、運悪く、悪い歯車に乗ってしまえば……。悪い歯車はさらに悪い歯車に接続して、悪い方へ悪い方へと下降していく。そして、最後に行き着くのは奈落の底だ。兄が乗っているのは、明らかに天国に続く良い歯車だ。そして、僕が乗ってしまったのは……。

奈落に落ちていく悪い歯車だ。

何をやっても悪い方へ悪い方へことは進んでいく。悪い歯車でも、いつかは良い歯車に接続できるのだろうか……。

10

その夜。

優太はノートパソコンの画面に映し出された『キリヒト倶楽部』というサイトを見ながら、ふんと鼻で嗤《わら》った。

しょぼすぎ。

動画も掲示板すらもないじゃないか。あるのは、兄の写真数枚と簡単なプロフィール。それに、管理人の挨拶と、ネット用語でブログとか呼ばれている兄の日記らしきものだけだった。

アクセス数も一桁だ。

当たり前だ。

まだ作られたばかりのせいもあるだろうが、こんなド素人の中学生のファンサイトなんて、誰が好き好んで見るもんか。

嘲笑いながら、それでも、昼間、千夏が言っていたことが気になって、「キリヒト日記」という項目をクリックしてみた。

「キリヒト日記に面白いこと書いてあるから」

千夏は含み笑いをしながらそう言った。

なんだよ、面白いことって。誰にとって面白いんだ。

それがどうも気になる。あのイヤラシイ含み笑いも……。

「七月×日。JD主演の『フロム・ヘル』のDVDを見る。あの切り裂きジャックの話だ。感想を一言で言えば、ウーンって感じ。史実にかなり忠実に作ってあって、映像も重厚感があって奇麗だし、小道具一つにも作り手の凄いこだわりを感じた。娼婦《しょうふ》の遺体なんて、演じた女優が不気味がるほど精巧にできていたらしい。それをほんの一瞬しか映さないんだから贅沢だよね。

あと、特典についていた監督のコメントが面白かった。主演のＪＤって切り裂きジャックマニアなんだって。彼の家に遊びに行ったらジャック関係の本が一杯あったって監督がばらしていた。それも映画のためじゃなくて、もとから趣味で集めたものらしい。

趣味っていえば、この監督、映画作る以外に趣味がないので、映画を撮ってないときは、一日、何もせずに十二時間も寝てるんだって。趣味を仕事にするのも考えものだね。監督もそれをぼやいてた。兄には釣りという趣味があるけど、自分には何もないから寝てるんだって。一日の半分寝て暮らすのか。

実を言うと、僕の弟も眠り魔だ。前世はナマケモノだったに違いない。このままだと来世もナマケモノだな。寝付きが良くて寝起きが悪い。おまけに寝相も悪い。寝る子は育つというけど、寝るわりには全然育ってない。ただ、足が体のわりにでかいから、そのうち体もでかくなるかもしれないけどね」

なんだよ、これって。

優太は憤慨しながら思った。

僕の悪口じゃないか。人の悪口言うのは嫌いだなんて言っておいて、弟の悪口なら言っていいのかよ。しかも、それを自分のファンサイトにアップするなんて。

これで、千夏の含み笑いの意味が分かった。これを僕に読ませるためだったんだ。

クソ。掲示板があればいいのに。お返しに、匿名で兄貴のやばい個人情報を書き込んでやるのに。携帯の番号とか。そうだ。あの話をばらしてやる。バレンタインデーに貰ったチョコを全部、サッカー仲間たちに分配してたこと。他の奴が食ってたって知ったら、手作りチョコあげた子たちが皆怒るぞ。千夏みたいに。そうしたら、兄貴の人気ががた落ちになって、来年から一個も貰えなくなるかも。

そんな空想をして、一人でほくそ笑んでいたら、

「優太……」

ドアもノックせず、当の桐人が入ってきた。

風呂上がりなのか、パジャマ姿で髪が少し濡れていた。小脇に裸のユータンを抱えている。

「な、何だよ。ノックくらいしろよ」

優太は慌ててノートパソコンを閉じると、ベッドに寝ころがった。

「何言ってんだ。自分だって、僕の部屋入るとき、ノックなんかしないくせに。ほら、これ」

桐人は、抱いていたぬいぐるみを弟に差し出した。

「お母さんが直しておいたって」

ユータンの腹は奇麗に縫い合わされていた。

優太は無言でそれを受け取ると、ポイとそのへんに放り投げた。

「風呂、入らないのか」

桐人は弟が投げ捨てたぬいぐるみを拾い上げて、椅子の上にきちんと座らせてから聞いた。

「めんどいからいい」

優太はけだるそうに答えた。そして、兄に背を向けるように、壁に向かって寝返りをうった。

桐人は弟のそばに近づくと、身をかがめて、頭の臭いを嗅いだ。

「おまえの頭、臭い」

その兄の身体からは、ほのかに清潔な石鹸《せっけん》の香りがする。

「いつ、洗ったんだよ」

「忘れた」

「忘れるほど昔かよ。汚ねえな。頭、フケだらけじゃないか」

「フケで死んだ奴はいない」

「チビでフケでニキビの三重苦じゃ、女の子にもてるわけないな」

「どうせ兄貴とは違うよ」

「ニキビも不潔にしてるからできるんだぞ。毎日洗っていれば」

「うるせえな。人の二キビの心配まですんな。用がないなら、早く出て行けって。眠いんだよ。僕はナマケモノの眠り魔だからさ」

そう憎まれ口をたたくと、桐人は、机の上のノートパソコンをちらと見て、

「あのサイト見たのか」

と聞いた。

優太は返事をしなかった。

「あそこにアップした日記のことなら気にすんな。あれ消して別のと差し替えるからさ」

桐人はやや後ろめたそうな口調で言った。

「僕の悪口、書いたから？」

優太は陰険な声で聞き返した。

「悪口？　違うよ」

「じゃ、なんで？」

「『フロム・ヘル』って、R－15指定なんだ。あれ書いたとき、それ忘れててさ。アクセス数増える前に、無難なやつと差し替えなくちゃな。『エド・ウッド』の感想にする。あれなら問題ないし」

「R－15って、そんなの、兄貴が買えたのかよ。まさか万引き……？」

「おまえじゃあるまいし」

「…………」

「楽勝で買えたよ。私服着て、堂々と差し出したら、店の人、怪しみもしなかった。前にコンビニでチュウハイ買ったときも普通に買えたしな。歳聞かれたら、あ、サイダーと間違えましたって言い訳まで考えていたのに。拍子抜けしたよ」

「……兄貴、隠れて酒飲んでるって、お母さんに言いつけてやる」

「違うって。酒飲みたかったんじゃなくて、自分が幾つに見えるか確かめたかっただけ。僕って幾つに見えるんだろう？」

「童顔の大学生に見えたんだろ」

「おまえはやるなよ。絶対に歳聞かれるからな」

「…………」

「なあ、優太」

ややあって、改まったような声で桐人が言った。

「なんであんなことしたんだ？」

「なんだよ。あんなことって」

優太は壁を見つめたまま聞き返した。

「ユータンのことだよ。なんで、腹切り裂いたんだ」

「僕も切り裂きジャックマニアだからさ」

「ふざけないで真面目に答えろって」

「言っただろ。むしゃくしゃしたからだって」

「それは嘘だ」

桐人は断定するように言った。

「おまえがむしゃくしゃしたくらいで、ユータンにあんなことするはずがない。お母さんも言ってたぞ。なんかあったんじゃないかって」

「…………」

「何があったんだ？」

「うるさいな。何もないって」

「優太。こっち向け」

優太は兄の命令を無視して壁を見つめ続けていた。

「こっち向けって」

桐人は、怒ったように弟の両肩をつかんで、力任せに自分の方に振り向かせた。

「何するんだよ」

優太は、渋々ベッドから身を起こして、兄と向かい合った。

「おまえ、忘れたのか」

桐人は怖い顔で言った。

「何を？」

「お父さんが死んだとき、二人で誓ったこと」

「…………」

「これからは二人で力を合わせて、お父さんの分までお母さんを守っていこうって。そう誓ったじゃないか」

「…………」

「僕たちはまだ子供で、働いたりはできないけど、せめてお母さんに心配かけないようにしようって。いい子になろうって。勉強ももっとして、少しでもお母さんが喜ぶようなことしようって。血判まで押して、誓ったじゃないか」

「…………」

「おまえ、全然、その誓い果たしてないじゃないか。勉強も相変わらずしないし、やることといったら、お母さんに心配かけることばっかし」

「…………」

「おまえが万引きで捕まった日だって、お母さん、三時頃まで眠れないって、水割り飲んでたんだぞ」

「…………」

優太には反論する気力もない。すべて、兄の言う通りだったからだ。

「ユータンのことだって」

兄はなおも言った。

「おまえが切り裂いた腹縫いながら、お母さん、すごく哀しそうな顔してた。優太を信じているけど、どうして、こんなことするのか分からないって」

「…………」

「これ以上、お母さんを心配させたり悲しませたりしたら、僕が許さないからな。マジで怒るぞ」

桐人は厳然と言い放った。

たった一歳しか違わないのに、兄貴の言い方はまるで父のようだと優太は思った。父が亡くなってから、兄は殊更に父の代わりをしようと努めているように見える。それが時々癪に障る。

「それとな、おまえ、夏休みになったら、岡山に行くんだってな。去年、転校した中山健一に会いに」

桐人の口調がさらに厳しくなった。取調室の刑事みたいだ。

「それも嘘だろ？」

「…………」

「なんでそんな嘘つくんだ？」

優太の頬の筋肉がぴくりと動いた。

「お母さんは騙《だま》せても、僕は騙せないぞ。中山の転校先は盛岡だろうが。岡山じゃない。僕は覚えてる」

「お母さんにそれ話した？」

優太の顔からふてぶてしさが消えた。脅えたような表情で聞く。

「まだ話してない。なんでそんな嘘ついたのか、おまえの話聞いてからと思ったから」

優太はほっとしたように息を吐いた。

「なんで、あんな嘘ついたんだ。おまえ、岡山なんて何しに行くつもりなんだ？　友達に会いに行くんじゃないんだろ？」

桐人は詰め寄った。

優太は心の中で葛藤《かっとう》していた。

このまま黙っているのは辛い。一人でこの重荷を背負うのは苦しい。いっそ、兄にすべて話してしまおうか。母には絶対に言えないことでも、兄になら……。

それに頭脳明晰な兄なら、ユータンの腹から出てきた奇妙な手紙について、千夏とは違う、何か新しい解釈をしてくれるかもしれない。

「ねえ、兄貴」

優太は重い口を開いた。

「これから、僕が話すこと、お母さんには絶対にしゃべらない？　内緒にしてくれる？」

そう聞くと、桐人は、その澄み切った奇麗な目で弟の目を見ていたが、

「おまえが望むなら、絶対にしゃべらない」

力強く宣言した。

「ブログにも書かない？」

「当然だろ。あんなの、誰が読んでもいいように、あたりさわりのないことしか書かないし、おまえが嫌だっていうなら、おまえのことは何も書かないよ」

「二人だけの秘密にしてくれる？」

優太は念を押すように聞いた。

「また血判押すか」

桐人は大真面目に言った。

「あれは痛いからいいや」

優太は怯《ひる》んだように首を振り、ハーフパンツのポケットに片手を突っ込むと、もぞもぞと探っていたが、小さく畳んだ便箋を取り出した。そして、それを兄に渡しながら言った。

「ユータンの腹の中からこんなものが出てきたんだよ」

11

「昼間、詩音が……」

兄に例の手紙を渡してしまうと、昼間あったことを打ち明けた。

「そうだったのか」

桐人は渡された便箋を広げて視線を落としていたが、優太の話を聞き終わると、ようやく納得したように言った。

「それ、どういう意味だと思う？」

優太は身を乗り出すようにして聞いた。

「…………」

桐人は黙ったまま、難問に挑むように便箋を睨むだけだった。桐人でさえも、この不可解な手紙の内容はすぐに理解できるものではなさそうだ。

「兄貴の悪戯じゃないよね？」

まさかとは思ったが一応聞いてみた。

「馬鹿言え」

桐人は顔もあげず否定した。

「これは明らかに大人の字だよ」

「僕はさ、それはお父さんが……」

優太は父のゲーム説を兄に話した。

「これ、お父さんの字じゃないぞ」

桐人は見ただけで言った。

「うん。そうなんだ。前に貰ったエアメールの字と比べてみたけど、全然違ってた」

「てことは、誰か、別の人物が書いたってことだよな。おまえの『父』と名乗る人物のメッセージ。それがなぜかお父さんが買ってくれたテディベアの腹の中に入っていた。一体どういうことだろう」

桐人は名探偵のように顎《あご》に手を当てるポーズを取って考え込んだ。

「千夏がさ……」

優太は千夏の仮説も兄に話してみた。

「なるほどね。千夏ちゃんの言う通りかもしれないな。そう考えると、この文面の意味はある程度分かる」

桐人はそう言った。

ああ、やっぱり。

兄貴も千夏説に賛成なのか。

やはり、この手紙は、僕の本当の父親が書いたものなのか。僕は日向明人の子じゃなかったのか。

「嘘つきはお母さんだ」

優太は突然わめいた。

「なんだよ？」

桐人が聞き返す。

「僕のこと、お父さんの子供の頃にそっくりだって言ったくせに」

「いつ？」

「本屋で万引きした日だよ」

「…………」

「あんなのみんな嘘だったんだ。僕がお父さんの子じゃないとしたら、似るわけないじゃんか。どんなに頑張ったって、お父さんのようになれるわけないじゃんか。それなのに、あんな嘘平気でつくなんて。僕、信じてしまったじゃんか」

「優太……」

「そうだよ。あれは嘘だったんだ。千夏が言った通りだ。万引きで捕まって、落ち込んでた僕を慰めようとしただけだったんだ。だから、お父さんの子供の頃の写真見せてって、あんなに頼んでも、忙しいとか言ってなかなか探してくれなかったんだ。最初から探す気なんかなかったんだ。写真見せたら、僕がお父さんに似てないことが分かってしまうから。嘘ついたことがばれちまうから。お母さんは嘘つきだ。ひどい嘘つきだ」

優太は手に握り締めたタオルケットに顔を埋め、半泣きでまくしたてた。

「お父さんのこと、世界で一番好きだって言ったくせに、永遠に好きだって言ったくせに。他の男とも浮気してたんじゃないか」

「優太、落ち着けよ」

桐人は興奮する弟をなだめた。

「どうしてお母さんが浮気したなんて言えるんだ」

「だって、お父さんと結婚していながら、他の男の子供を産んだとしたら、浮気じゃんかよ」

「そうとは限らないよ」

桐人は複雑な顔つきで言った。

「憶測だけでお母さんを悪く言うな。まだ何も分からないんだから。それに、ここに書かれた『父』がお父さんではないとしたら、『母』というのもお母さんではない可能性だってあるんだから」

そんなことを言い出した。

「え。それってどういうこと？　僕はお母さんの子でもないってこと？」

優太はぎょっとしたような顔で兄を見た。

「あくまでも憶測だよ。そう思って聞けよ」

桐人は冷静に言った。

「たとえばさ、おまえが赤ん坊のときに両親に何かあって、うちに引き取られ、実子として育てられたという可能性もある。そのとき、おまえの実の父親が残してくれたテディベアがユータンだったんだとしたら」

「…………」

優太は茫然として兄の顔を見つめていた。

父の子ではないかもしれないと分かっただけでも十分ショックなのに、その上、母の子でもないかもしれないなんて。日向家とは全く関係ないのか。もし、それが本当だとしたら、そんなの耐えられない。

「でも、その可能性は低いかな」

桐人は自分で言っておきながら、即座にその推理を否定した。

「子供のいない夫婦だったら、生まれたばかりの赤ん坊を養子にするという話はありうるが、うちの場合、僕という子供が生まれていたんだからな。もう一人、手のかかる赤ん坊を引き取るというのはおかしい。もし、そうだとしたら、少なくとも、子供が欲しくて養子にしたんじゃない。何か、引きとらざるをえない理由でもあったのか……」

桐人はそう呟いて考え込んでいたが、

「とにかくさ、ここであれこれ憶測ばかりしても始まらない。真相を知るには、この『福田ヨシ』という人物に会ってみるしかないな」

結論づけるように言った。

「ねえ、岡山の袈裟村なんて知ってる？　地図で調べてみたけど載ってないんだ」

「村だから、よほど大きな地図でなけりゃ載ってないんだろ。僕があとでパソコンで検索しておいてやる。岡山までは新幹線で行くとして、その先どうやって行くか、調べておいてやるよ」

桐人はそう言ったあと、やや難しい顔になり、

「ただ、問題は、この手紙が十三年以上も前に書かれたとしたら、『福田ヨシ』という人物が今でもそこに住んでいるかどうかだな」

「でもさ、村だったら、マンションとかアパート住まいじゃないみたいだから、持ち家だとしたら、まだ住んでるかも。とにかく、行ってみるよ」

「いつ行くつもりだ？」

「夏休みが始まったら……」

「一人で行けるか？　一緒に行ってやろうか」

桐人は心配そうな顔で弟を見た。

「大丈夫だよ、一人で」

「金は？　必要なら貸してやるぞ」

「それも大丈夫。お母さんが当座のお金とカード貸してくれるって」

「中山のことは僕からもフォローしておいてやる。引っ越したのはやっぱ岡山だって。僕が言えば、お母さんは必ず信じる。おまえより信用があるからな」

「手紙のことは絶対に内緒だよ」

「もちろんだ。これは二人だけの秘密だ。だけど、『福田ヨシ』って人に会って分かったことは、僕には隠さず全部報告するんだぞ。いいな？」

桐人は言った。兄の目は嘘をついていない。それに、兄は約束をたやすく破るような性格ではない。優太はそれを確信して、深く頷いた。

「それとな、優太」

桐人はややあって、口を開いた。

「たとえ……」

そう言いかけて、言葉を探すように黙り、続けた。

「おまえがお父さんの子じゃないと分かっても、あまり落ち込むなよ。だからって、何も変わらないんだからな」

「…………」

「おまえが誰の子かなんて関係ない。誰の子であろうと、日向優太であることに変わりはない。日向明人と日向沙羅の息子で、僕の弟だ。それは未来永劫絶対に変わらない。それを忘れるなよ」

「兄貴……」

「おまえがたとえ悪魔の子だと分かっても、僕はおまえの味方をする。全世界を敵にまわしても、僕だけはおまえを守るから」

「悪魔の子って」

優太はさすがに苦笑いした。

「ダミアンかよ」

「ちょっとオーバーだったか」

桐人も笑った。優しい目だった。

「向こうへ行って、何か困ったことがあったら、すぐに電話するんだ。何があっても、一人で悩むんじゃないぞ。僕がついてるから」

「うん。分かった」

優太は素直に答えた。

兄貴に話してよかったと心底思いながら。

いざというときは、本当に頼りになる。

桐人が部屋に入ってくるまで、兄のファンサイトを見ながら、掲示板があったら……なんて邪《よこしま》なことを考えていたのを優太はコロリと忘れて思った。

それに、冷静になって考えれば、あの日記の内容にしても、悪口ってほどでもないか。僕が怠け者で眠り魔だってこと。しかも、寝るわりにはチビだというのは自他共に認める事実にすぎないし、「全然育ってない」という表現をしているだけで、「チビ」とは一言も書いていない。最後の方では、「ただ、足が体のわりにでかいから、そのうち体もでかくなるかもしれないけどね」なんて、希望的観測というか、励ましとも取れることを書いている。

そうだ。あれは悪口なんかじゃなくて、兄貴なりに僕を励ましてくれてたんだ。今はチビでも、そのうちきっと大きくなるって。

兄になぜあれほど友達が多いのか、その友達になぜあれほど愛されているのか、改めて分かったような気がした。

この性格だ。誰に対しても別け隔てなく優しく親身になってくれる、この類稀《たぐいまれ》なる性格。僕のような出来の悪い弟にも、クラス中の鼻つまみ者にも。

思えば、この兄には、小さい頃から助けられてきた。チビのくせに口だけ達者で生意気な優太は、よく身体の大きないじめっ子の標的にされた。そんなときでも、必ず兄が駆けつけてきて助けてくれた。

それに、年子の兄弟なのに、あまり派手な喧嘩をしたことがない。したとしても口喧嘩止まりだった。近所のおばさんが母に感心したように言っていた。うちの息子たちなんて、しょっちゅう取っ組み合いの喧嘩ばかりしているのに、おたくの坊ちゃんたちは本当に仲が良いわねって。

仲が良いというより、喧嘩にならないのだ。兄の方が精神的に大人すぎて。口喧嘩の果てに、優太の手が出そうになると、「暴力は嫌いだ」と言って、兄の方がさっさと折れてしまう。それ以上、喧嘩のしようがない。

でも、兄に勝ったという気はしなかった。本気で喧嘩をしたら、小学生の頃からサッカーで鍛えた身体の大きい兄の方が勝つに決まっている。それでも、兄は暴力は嫌いだと言って、自分の方からは決して手を出さない。それは優太にも分かっていた。だから、少しも勝ったなんて思わなかった。手を出しかけた自分の方が負けたと思った。

あまりにも出来のよすぎる兄を、ひがんだり嫉妬《しっと》したり、時には憎悪に近い感情を抱くこともあったが、兄を好きか嫌いかと問われれば、少し迷ったあとで、好きだと答えるだろう。

いっそ、兄ではなくて、赤の他人だったらと思ったこともある。もし、そうだったら、何をやっても完璧な一年上の先輩として、素直に尊敬したり憧れたりしていたかもしれない。会費さえなければ、ファンクラブとやらにも入っていたかもしれない。

ただ、同じ親から生まれて、同じ家に住み、同じものを食べて育ったというのに、なんでここまで差がついてしまうんだというやり切れない思いがわだかまって、今まで兄を素直に称賛できなかった。

でも、もしかしたら、父親が違うのかもしれない。ひょっとしたら、母親まで。そう思ったら、そのことにショックを受けながらも、だから兄貴とはこんなに違うのか、と納得できた。違って当たり前なんだ。親が違うんだから、と。

今なら、何のひがみもなく、兄の美点が見える。兄は優しい。友達に優しいように弟にも。とても優しく、そして強い。いざとなったら、他人のために自らを犠牲にすることだって厭《いと》わないかもしれない。

死んだ父のように。

父の葬儀のとき、弟を初めて殴った後、兄は泣きながら言っていた。

「僕がお父さんと同じ立場になったら、同じことをしていた」と。

あの言葉に嘘はない。

きっと兄は、その名の通り、桐の木が真っすぐ伸びるように、いつか父のような男になるのだろう。

「おまえ、やっぱ、風呂入れよ」

桐人は弟の部屋から出ようとして、いったん立ち止まり、言った。

「そんなフケだらけの頭してたら、千夏ちゃんに嫌われるぞ。来年、唯一のチョコさえ貰えなくなるぞ」

「ち、千夏なんかにどう思われたっていいや。あんなメガネザル」

優太は赤くなりながら言った。

「風呂、保温のままにしてあるから、入らないならスイッチ止めておけよ」

桐人はそう言い残して部屋を出て行った。

優太はベッドの上にあぐらをかいたまま、片手で頭を掻き回して、その手を見てみた。脂でべとべとして、白いフケがべっとりと付いている。手の臭いを嗅いでみると、確かに臭い。

Tシャツの襟元を引っ張って臭いを嗅いでみた。こっちも汗臭い。

ほとんどうちでテレビゲームしてただけなのに、汗ってかくんだな。

大発見でもしたような気分で思った。

しょうがない。風呂に入って、久しぶりに頭でも洗うか。

そう思って、ベッドから勢いよくピョンと飛び降りると、その拍子に、ベッドに置いてあった携帯が滑り落ちた。

それを拾おうとして、優太は思い出した。

あ、そうだ。

千夏の奴に三万いらなくなったと連絡しておかなくちゃ。それから、兄貴のファンサイト見たことも。

優太は千夏の番号を押した。

「はい？」

千夏の声がした。

「おまえって、いつかけても、すぐ出るな。パブロフのサルみたい」

「ドアホ。それを言うなら、パブロフの犬だって」

「いいんだよ、サルで。だって、おまえ、メガネザルだもん」

「あ。メガネザルって言ったな」

「言ったよ、メガネザル。もう一度言ってやろうか、メガネザル」

優太は調子に乗って言った。兄に悩み事を打ち明けたせいで気が楽になって、いつもの優太に戻っていた。

「約束破ったから、三万、貸してやらない」

「なんだっけ、約束って」

優太はとぼけたように聞いた。

「岡山行きの費用、三万貸してやるかわりに、これからは絶対にメガネザルとかデカ女とか言わないって約束したじゃん」

「したっけ、そんな約束。覚えてねえな」

「頭きた。もう貸してやらない。びた一文貸してやらないから。ヒッチハイクして野宿でもするんだね」

「へへん。そんなことしなくても、お母さんが……」

優太は母が当座の費用とカードまで貸してくれることを話した。

「カードまで？」

千夏の驚いたような声。

「そうだよ。だから、おまえがシッカリ貯め込んだ腐れ貯金なんかいらねえんだよ。どうせ返すあてなかったし」

「こっちも返してもらおうなんて思ってなかったよ。哀れな乞食にでも恵んでやるつもりだったのに」

「…………」

「おばさんって、やっぱ、芸術家だよねぇ。呑気《のんき》というか世間知らずというか」

千夏がため息をつきながら言った。

「優太にカードまで渡すなんて、泥棒に家の合鍵渡すようなもんじゃない。危ないって思わないのかね。あたしなら、絶対に渡さないけどな」

「おまえな……」

優太はそう言いかけ、

「あ、そうだ。兄貴のファンサイト見たぞ。なんだよ、あのしょぼサイト。掲示板もねえのかよ」

とせせら笑った。

「掲示板に関しては、今、検討中。掲示板作ると、誰かみたいな性格のひん曲がった荒らし屋が来て、桐人君に迷惑がかかるような個人情報とか悪口とか書き込みかねないからね。どうしようかと思って」

「誰かって誰だよ」

優太はドキッとしながら言った。

「ねえ、それより、おばさんにユータンから出てきた変な手紙のこと、話したの？」

「話してない」

「じゃ、なんで岡山行き許してくれたの？」

「おまえが言ったように、去年転校した中山の話して……」

「指南料よこせ」

「指南料？」

「そう言えばいいって、教えてやったのあたしじゃん。だから、そのアドバイス料」

「誰がそんなもん」

優太はべーと舌を突き出してから、

「おい、千夏。お母さんにちくるんじゃないぞ」

「なによ。ちくるって」

「あの手紙のことや、岡山行きの本当の理由とかだよ。お母さんにしゃべったら承知しないからな」

「どうしようかなぁ」

千夏の声が意地悪く響いた。

「しゃべっちゃおうかなぁ。おばさんに全部しゃべっちゃおうかなぁ。なんかしゃべりたい気分になってきたなぁ」

「おまえ、もし、しゃべったら、そのサル首にコンクリつけて東京湾に沈め……」

優太が険悪な声で言いかけると、

「おばさんに内緒にしてほしければ、一つ、条件がある」

千夏が言った。

「なんだよ、条件って」

「あたしのこと、金輪際、メガネザルって呼ばないこと」

「またそれかよ」

「約束する？」

「……する」

「本当に？」

「メガネザルって、言っちゃいけないんだよな」

「今、言った」

「確認しただけだよ。メガネザルだろ、禁止語は」

「また言った」

「メガネザルか」

「また」

「これが言いおさめ。もう絶対に言わない」

「ホント？」

「うん」

「よし。じゃ、あたしもおばさんには何も言わない」

「約束だぞ？」

「うん、約束」

「嘘ついたら針千本だぞ」

「うん、針千本」

「約束したよな」

「しつこい。じゃ、切るからね」

「分かった。切る」

「おやすみ」

千夏の眠そうな声を聞きながら、優太はこう言い放って、素早く携帯の電源を切った。

「あばよ。メガゴリラ」

第三章　古いノート

1

ここが袈裟村か……。

バスを降りて、優太はリュックを背負いなおすと、不安そうな顔であたりを見回した。

そこは凄い山の中だった。

岡山駅からさらに電車とバスを乗り継いで、ようやく辿り着いたような山の中にあった。千夏が言った通りだ。

見えるのは山また山ばかりだ。まさに、藍色の深皿に落ちた蟻《あり》のような気分だった。

その山の麓には、田圃《たんぼ》や畑がのどかに限りなく広がっている。民家はその中にまばらに見えるだけだ。

どこかで早くも油蟬《あぶらぜみ》の姦《かしま》しく鳴く声がする。

「えらいド田舎だな」

優太はぼやきながら、ジーンズのポケットから例の手紙を取り出した。手紙は何度も出したりしまったりして、くしゃくしゃになっていた。

ここでいいはずだ。バスの運転手にもちゃんと確認して降りた。

それでも、一抹の不安を覚えながら、畑沿いのあぜ道をとぼとぼ一人で歩いて行くと、この炎天下にせっせと畑仕事をしている人がいた。

「あのう、すみません……」

優太は声をかけた。

姉さんかぶりに野良着姿のおばさんは、男のように日焼けした顔をあげると、見かけない子供がいるという目つきでうさん臭そうに見た。

「なんだね？」

「このあたりに、福田さんというお宅はありませんか」

そう聞くと、おばさんは腰を伸ばしながら、

「福田なら、このあたりにゃ三軒あるが。どの福田だね？」

と聞いた。

「あのぅ、福田ヨシさんという人が住んでいる福田さんです」

優太は妙な答え方をした。

「ああ、ヨシさんちか。ヨシさんちなら、あそこだよ」

おばさんは畑の遥か向こうを指さした。

「あそこって……」

あそこと漠然と言われても、おばさんの指さす方向には、四軒ほどの家が散在している。どれだろう。

「ほら、近くに柿の木のある家があるだろ。あれだよ」

ああ、あれか。ようやく分かった。大きな柿の木のそばに、家というよりも掘っ建て小屋に近い建物が見える。あそこが福田ヨシの家か。

「この道をぐるっと回って行けば行き着くから」

おばさんはさらにそう教えてくれた。

「どうもありがとうございました」

優太が礼を言って、先を急ごうとすると、

「坊や、坊や」

と、呼び止められた。優太が振り向くと、おばさんは欠けた前歯を見せて笑いながら、

「坊や、一人で来たのかい？」

と聞いた。

「はい」

「どこから？」

「東京からです」

「ほう、東京から。えらいねぇ。小学生がたった一人で東京から」

おばさんは目を丸くした。

「あの、僕は中学生です」

優太は幾分かちんときて答えた。

「おや、中学生なのかい。あんまり小さくてかわいいんで小学生かと思ったよ」

「………………」

「それにしてもえらいもんだ。夏休みで遊びに来たのかい？」

さらに聞く。

炎天下での立ち話は早く切り上げたいのだが、優太は仕方なく作り笑いをしながら答えた。

「そんなとこです」

「親戚の子かい？」

おばさんはそう聞きかけて、

「ああ、そんなはずないか。マサルが死んでからは、ヨシさんには身寄りはないって言ってたっけ……」

と独り言のように呟いた。

福田ヨシという人は一人暮らしなのかなと優太が思いかけたとき、おばさんが、ふいに何か思い出したような顔になると、

「坊や、名前はなんていうんだ？」

と身を乗り出すようにして聞いた。

「ひ、日向優太といいます」

「ユウタ……」

おばさんは茫然としたように繰り返した。

「ユウタ。ユウタっていうんだね？」

食い入るような目で優太を見ながら、もう一度尋ねた。

「は、はい」

優太はたじろぎながら頷いた。

「ユウタってどんな字を書くんだ？」

なおも確認するように聞く。

「優秀の優に、肝っ玉が太いの太です」

「優太か。間違いない。そうか。坊やが優太か」

おばさんは興奮したように、それまで草むしりをしていた泥だらけの両手で優太の肩をつかんで揺すぶった。

「あの……」

女とは思えない力でがくがくと肩を揺すぶられて、優太はもう少しで舌を嚙みそうになった。

「ようやく訪ねてきてくれたのか。ヨシさん、喜ぶよ。ずっとおまえのことを待ってたからね。今日来るか明日来るかって。いつか、ここに訪ねてくるはずだって。マサルがそう言ってたって」

「マサルって……？」

優太の心臓がドキドキと痛いほど鳴り始めた。

「なんだ、知らないのかい。坊やのお父さんだよ」

優太の両膝《りょうひざ》から一気に力が抜けそうになった。

ここに来るまで、考えては否定し続けてきたことが、とうとう現実になってしまった。やっぱり、僕は日向明人の子じゃなかったんだ。そのマサルとかいう人の子供だったんだ……。

絶望しながらも、優太は、なんとか両足を踏ん張っていた。

「優秀の優と書いてマサル。カワシマ優。これがお父さんの名前だよ。坊やの優太って名前は、お父さんの名前から一字貰ったんだよ。ヨシさんがよく言ってたよ。きっと、孫の優に似た優しい子に育ってるに違いないって。今頃、中学生くらいのはずだって。

どこに住んでいるか分からないから、こっちからは会いには行けないが、一度でいいから、死ぬ前に一目会いたいねぇって」

孫の優……？

そうか。

福田ヨシというのは、僕の曾祖母にあたる人なのか。

父の名前はカワシマ優。

カワシマ優、カワシマ優……。

優太は頭に刻み付けるように、心の中で繰り返した。

優太という名前は実の父親から取ったものだったのか。だから、兄の名前の由来はすぐに答えてくれたのに、僕の名前の由来を聞いたとき、お母さんは一瞬黙ってしまったんだ。まさか、実の父親から取ったとは言えないから、「優しい子になるように」だなんて、咄嗟にあんな嘘をついたんだ……。

「早く行っておあげ。ヨシさん、驚くよ」

自分で呼び止めておいたくせに、おばさんは、今度は優太の背中を押しやるようにして言ったが、

「ああ、でも、今頃なら、ヨシさん、畑に出てて留守かもしれん。留守だったら上がって待っといで」

「え。もし鍵がかかっていたら……」

「鍵？　そんなもん、かかってないよ。泥棒が入ったって盗るもんなんてありゃしないからさ」

そう言って、おばさんは大笑いした後、あぜ道を歩きだした優太の背に向かってどなった。

「後で、おいしいトマト持っていってやるよ」

2

「ごめんくださーい」

三度めの「ごめんください」を大声で叫んでも誰も出て来ない。

福田という古びた表札のかかった家の中はしんと静まり返っている。

道を聞いたおばさんが言った通り、この家の住人は畑にでも出て留守のようだ。

それにしても……。

優太は目の前の家を見上げながら思った。

すげえぼろ屋。

本当にこんな所に人が住んでいるのだろうか。ちょっと強い台風が来たら、トタン屋根なんか吹き飛んで、すぐにぺちゃんこになってしまうんじゃないか。そう思った。

こんな所に、僕の曾祖母《ひぃおばあ》さんはたった一人で住んでいるのか。

そう思うと、なんとなく切なくなった。

「いてっ」

少し感傷に浸っていると、ふくらはぎのあたりを何かにつつかれたような痛みを感じた。

見ると、足元に、雄鶏が一羽寄ってきて、優太の足を何のつもりか、嘴《くちばし》でチョンチョンとつつき始めた。

歓迎しているのか、追い出そうとしているのか。

優太はしっしっと足で追い払ったが、鶏は人なつっこく優太の周りを離れない。

見ると、庭ともいえないような雑草の生い茂ったスペースには、何羽かの鶏が放し飼いになっていた。

攻撃しているようには見えない。歓迎しているのかな。

そう勝手に解釈した優太は、おそるおそる、玄関の引き戸を開けてみた。

案の定、鍵はかかっていなかった。

使い古されたサンダルと草履《ぞうり》だけが出ている玄関の狭い三和土《たたき》に立って、もう一度、

「ごめんください」

と叫んでみた。

返事はない。家の中はしーんと静まり返っている。やはり無人のようだ。

外はカンカン照りの晴天だというのに、家の中は、日当たりが悪いのか、昼とは思えないほど薄暗い。

線香の匂いがした。

「失礼します……」

優太は誰にともなく言うと、泥だらけのウォーキングシューズを脱ぎ捨てて、中に入った。

玄関を入ると、六畳あるかないかの狭い茶の間があった。畳は古く湿って、歩くとボコボコと音がする。湿気た黴《かび》臭いような臭いがする。

傷だらけのちゃぶ台の上には、さきほどまで住人がそこにいたというように、底の方にお茶らしき液体の少し残った湯飲みが一つと急須が置かれていた。そばには、かじりかけの煎餅《せんべい》を入れた小鉢がある。

優太は帽子を取って、あたりを見回した。

古びた茶簞笥。二十年以上も前に売り出されたような古い型のテレビ。日めくり型のカレンダー。縁側には足踏み式のミシン。

骨董品屋にあるような古いものばかりだ。

部屋の隅には仏壇があった。

まさに老女の一人暮らしという感じがした。

ふと見ると、扉が開いたままの仏壇の中に写真立てがあった。どちらも相当に古い写真のようだ。一つは軍服姿の男性の写真。もう一つは、若い女性が赤ん坊を抱いて微笑んでいる写真だった。その女性はなかなか奇麗な人だった。あれ。この顔……。

優太がそう思いかけたとき、玄関の方でがたんと音がした。

はっとして、優太は写真立てを元に戻した。福田ヨシが帰ってきたと思い、急いで玄関に行ってみると、そこにいたのは、さきほど道を聞いた農家のおばさんだった。手には真っ赤に熟したトマトを一杯入れた籠《かご》を抱えている。

「留守だったか」

おばさんはそう言うと、サンダルを脱ぎ捨て、自分のうちのようにずかずかと上がり込んできた。

利江おばさんみたいだ。

優太は思った。

女って中年になると、自分と他人の家の区別がつかなくなるのかもしれないな……。

「坊や、おなかすいてないか」

おばさんが聞いた。

「うん、ちょっと。それより喉がカラカラ」

バスを降りてから何も飲み物は口にしていなかった。

「今、冷たいものあげるよ。これでも食べてな」

おばさんは、ちゃぶ台の上にどんとトマトを入れた籠を置くと、奥に入って行った。

「いただきます」

優太は、リュックをおろして傍らに置くと、ちゃぶ台の前に正座した。

籠のトマトを一つ取った。トマトは真っ赤にはちきれんばかりに熟している。アンパンマンのほっぺたみたいだ。Tシャツの裾で拭いてから、ひと齧《かじ》りしてみた。

うまい。

甘いし、ほのかに酸っぱい。東京のスーパーで売ってる無味無臭のトマトとは全然違う。

優太は夢中でむさぼり食った。

「もう一個食べてもいい？」

麦茶らしきポットとグラスを持ってきたおばさんに聞くと、おばさんは顔を口だらけにして笑って、

「いいよ。好きなだけお食べ」

と言った。

優太は、Tシャツに赤い汁がたれるのもかまわず、二個めもむさぼり食った。

「うまいだろ？」

「バカうま」

優太は口中にトマトを頬張ったまま言った。口から唾と一緒にトマトの汁が飛んだ。

「僕、トマトって嫌いだったけど、これなら毎日でも食べられる」

「そうか。バカうまか」

おばさんはまた大笑いして、手近にあった扇風機のスイッチを入れてから、

「坊や、足を崩しなよ」

と言ってくれた。

優太は待ってましたとばかりに、慣れない正座をやめて、あぐらをかいた。

「福田ヨシさんて、一人でここに住んでるんですか」

大きなトマトを二個むさぼり食い、冷たい麦茶をグラスに二杯、むさぼり飲んだあと、人心地ついた優太は聞いてみた。

「そうだよ。戦争で旦那さん亡くして、一人娘のスミコさんも病気で亡くして、孫の優にまであんな死に方されて……」

おばさんはしんみりとした口調で言った。

「優って人、もう死んだんですか」

優太は聞いた。

そういえば、途中で会ったとき、おばさんはそんなことを言っていた。

「優って人はないだろ。坊やのお父さんだよ」

「…………」

違う。

口には出さなかったが、優太は激しく心の中で抗議した。僕が父と呼べるのは、日向明人ただ一人だ。たとえ、血が繋がっていなかったとしても。

いくら実の父親でも、一度も会ったこともなく顔も知らない男を「お父さん」なんて呼べない。

それにしても……。

あんな死に方ってなんだ?

事故とか病気ならそう言うだろう。

「あの、あんな死に方って……?」

こわごわ聞いてみると、おばさんの眉間《みけん》に皺が寄り、

「坊や、何も聞いてないのかい?」

と逆に聞き返した。

優太は首を横に振った。すると、おばさんは言おうか言うまいか、迷っているような顔をしていたが、

「これだよ」

と言って、自分の首を片手で絞めるような仕草をして見せた。

「え……」

「自殺したんだよ。首吊って」

声をひそめるように言う。

優太は茫然としておばさんを見ていた。

自殺した……？

「な、なんで？」

「さあ、理由までは知らないねぇ。ヨシさんにも分からなかったらしい。一度、嫁さん連れてここに来たらしいんだけどね。そのとき、もう坊やがおなかの中にいてさ。これで優も人並みに結婚して父親になれるって、ヨシさん、そりゃ喜んでいたのにさ。それが、どうしたもんだか、子供が生まれるのも待たないで、突然」

「…………」

実の父親は優太が生まれる前に謎の自殺をとげていた。この事実に、しばらく言葉が出ないほどショックを受けながらも、優太は、おばさんの話からあることに気が付いた。

「それじゃ、僕のお母さんって……？」

唾を呑み込んでから聞いてみた。心臓が早鐘のごとく打っている。

「ヒサノさんかい？」

おばさんは言った。

「ヒサノ……？」

ああ。やっぱり、僕はお母さんの子でもなかったのか。兄貴の言う通りだった。そうだ。あのお母さんが浮気なんかするはずがない。僕は日向家とはなんの関係もなかったんだ。日向夫妻に貰われて育てられた子供にすぎなかったんだ。

「ヒサノさんもねぇ、不幸な人だよ。優にあんな死に方されて、それでも、気丈に、一人で子供を産んで育てる決心をしていた矢先に、あんなことになっちまってさ……」

おばさんは話を続けた。

「あんなことって？」

「なんでも昔の知人だかを訪ねていたときに、まだ産み月でもなかったのに、そこで産気づいちまったんだよ。産気づくって意味分かるかい？」

「子供が生まれそうになるってことでしょ」

「そうだよ。それで、その家の人に助けられて、すぐに近くの病院に運ばれたんだが、赤ん坊はなんとか助かったものの、ヒサノさんの方は駄目だった」

「駄目って……死んじゃったの？」

「ああ。出血多量でね。助からなかった」

実の母親も死んでいたのか。

「じゃ、僕は……？」

実の両親を失ったあと、どういう経緯《いきさつ》で日向家に貰われたのか。それを聞くと、

「そこまでは知らないね。詳しい話はヨシさんが帰ってから聞くといいよ。もうすぐ帰ってくるだろうから」

おばさんは、どっこらしょと立ち上がり、

「残ったトマトは持ってお帰り」

と言ってくれた。

「あ、おばさん」

優太は思いついたことがあって、帰りかけたおばさんを引き留めた。

「なんだい？」

「僕のお母……ヒサノさんって、もしかして、あの写真の人？」

優太は、さっき見た仏壇の写真立てを指さして聞いた。

ひょっとして、あの奇麗な女性が抱いている赤ん坊が僕なのだろうか、と思いながら。

「違うよ。あれはスミコさんだよ」

おばさんは写真立ての方を見て言った。

その様子は、まさに勝手知ったる他人の家という風だった。

「スミコ……さん？」

おばさんの話に確かそんな名前が出てきたような、と思いながら、優太は聞いた。

「ヨシさんの一人娘さ。坊やのおばあさんにあたる人だよ」

あの人が僕のおばあさん……。

「じゃ、あの人が抱いてる赤ん坊は」

「あれが優だよ。坊やのお父さんさ」

おばさんは、仏壇の前に行くと、一度手を合わせてから、写真立てを手に取って、つくづくと見ながら言った。

「こんな山奥には勿体《もったい》ないような美人だったのにねぇ、スミコさんは。ろくでもない男と一緒になったばかりに……」

3

おばさんが帰ったあと、優太は、トマトをもう一個食べながら、縁側に出て、さきほど玄関先にうろついていた雄鶏をからかって遊びだした。

再び、玄関の引き戸の音がしたのは、それから三十分ほどした頃だった。優太ははっと振り向いた。老女のしわがれ声で、

「誰だ。タカミチかい？」

という声がした。

この家の主が帰ってきたに違いない。

玄関先に見慣れない子供の靴が脱いであったので、誰か来たと気付いたのだろう。タカミチというのは近所の子供だろうか。

優太が急いで玄関先に出て行くと、三和土で、泥だらけの長靴を脱ぎかけていた野良着姿の老女は、ひどく驚いたように、優太の方を見た。

歳の頃は、八十五、六というところか。無造作に束ねた髪は真っ白で、腰も曲がっている。

「おまえ、誰だ。タカミチじゃないね」

目を細め、じっと窺《うかが》うようにして、優太を見ている。

「は、はじめまして。勝手にお邪魔してます。僕、日向優太といいます」

優太は立ったまま言った。

一瞬、老女の顔になんともいえない表情が浮かんだ。

「何だって。もいっぺん名前を言ってごらん」

「日向優太です。優秀の優に肝っ玉が太いの太って書いて、日向優太です」

優太はもう一度名乗った。

「優太……」

老女は信じられないというように呟く。

「おまえ、優太かい？」

「はい。優太です」

「おまえ、とうとう来てくれたのか。婆ちゃのところに……」

福田ヨシは、長靴を蹴飛ばし、転びそうな勢いで中に入ってくると、優太の顔を皺だらけの両手で挟んで、よく見ようと顔を近づけた。

「優はいつかおまえが訪ねてくるかもしれないとは言っておったが、あれから十年以上たっても来なかった。もうあきらめておったのに……」

老女はまだ信じられないというように、優太の顔を食い入るように見つめたまま言った。その両目は白内障でも患っているように、やや白く濁っていた。

「一人で来たのか」

ヨシは聞いた。

「はい」

優太が頷くと、ヨシは、

「うちの人にはなんて言ってきたんだ？」

と問い詰めた。

「……去年転校した友達の家に遊びに行ってくると言って」

「お母さんに嘘ついてきたのか」

「……はい」

「まあ、しょうがあるまい。おまえのお母さんが本当のことを知ったら、ここに来るのを許すはずもあるまいしな」

ヨシは哀しそうな顔になって呟いたが、

「中にお入り。こっちでゆっくり話そう」

そう言って、優太を茶の間に案内した。

「さっき近所のおばさんが来て」

と、ちゃぶ台の上のトマトの説明をするとヨシは頷いて、

「カヨさんじゃろ。隣の奥さんじゃよ。いつも畑で採れたものなんか持って、遊びに来てくれるんじゃ。わしはこの歳で一人暮らしじゃからな、いつポックリいくか分からん。心配して見に来てくれるんじゃ。わしのたった一人の話し相手さ」

4

ちゃぶ台に座ると、優太は、さっそく、ジーンズのポケットから例の手紙を取り出し、それをヨシに手渡した。

「お父さんから貰ったユータン……クマのぬいぐるみの腹の中からこんな手紙を見つけ

たんです。それで……」

ここに来るまでの経緯を老女に話した。老女は、渡された手紙を一応開きはしたものの、すぐに首を振って、

「わしには読めん。優太、おまえが声に出して読んでくれ」

と言って手紙を返してよこした。

かなり目が悪いらしい。

優太は、それを国語の教科書でも朗読する勢いで読みあげた。

読み終わってから、優太の朗読をじっと目をつぶって聴いていた老女に、

「あの、これはカワシマ優さんが書いたものですか」

と聞いてみた。

老女は頷いて、

「……おそらくな。そういや、そのクマのぬいぐるみとかの話もヒサノから聞いた覚えがある。優が生まれてくる子供にやるんだと言って、外国製の高いものなのに無理して買ってきたと」

「この手紙にある『母親』というのは、ヒサノという人ですか。僕の今のお母さんは日向沙羅って名前なんですけど」

「そうじゃ。カワシマヒサノ。久野は久しいに野原の野と書く。それがおまえの本当の

お母さんじゃよ」

「あのぅ、それと……トマトくれたおばさんが言ってたんですが」

優太はためらった末に思い切って聞いた。

「カワシマ優さんは首吊り自殺したとか……？　それって本当ですか」

ヨシはしばらく無言だった。優太がしびれを切らした頃、呟くように、「ああ」と答えた。

「ど、どうして自殺なんか？」

「わしにも分からん。久野の話では、優の遺書には、『私は人の親になってはいけない人間だ。自分の家族を作ることは許されない人間だ。今になって、それがよく解った』というようなことが書かれていたらしいが……」

ヨシはそれだけ言うと、何を思ったのか、よろよろと立ち上がると、仏壇の前ににじり寄り、

「子供ができると知って、優は、昔、おのれが犯した罪の深さを悟ったのかもしれん。当時は誰にも裁けなかった恐ろしい罪の深さをな……」

そう呟き、「なんまいだなんまいだ」と背中を丸めて拝み始めた。

優太はそんな老女の後ろ姿を見ながら、背筋を寒いものが這い上がってくる気がしていた。

当時は誰にも裁けなかった恐ろしい罪の深さ……？

その罪を自ら償《つぐな》うために首を吊った……？

老女の話す言葉の一つ一つが、優太の胸を不安で締め付けていく。

僕の本当の父親は……。

カワシマ優は昔何をしたんだ？

誰にも裁けなかった恐ろしい罪って？

「カワシマ優さんは、何かしたんですか……？」

優太は声を震わせながら聞いてみた。

「優は昔恐ろしいことをした。あんな恐ろしいこと、わしの口からはとても言えん。あんなむごい……」

ヨシは仏壇の前で拝み続けながら、聞き取れないほどの小さな声で答えた。

「わしは今でも信じられん。優があんな恐ろしいことをしでかすなんて。あの牧師さんは優を実の子のようにかわいがってくれたというのに。なんで、あんなことを」

牧師さん？

「じゃが、あの子はわしには優しかった。ここにいた頃は、わしの手伝いをよくしてくれた。畑仕事もすすんでしてくれたし、おまえがさっきしてくれたように、毎日、新聞を声に出して読んでもくれた。名前の通り、とても優しい子じゃった」

ヨシはそう言ったきり、後はひたすら仏壇に向かって拝むだけだった。

「おばあさん」

優太はそんな老女に呼びかけた。

ヨシは拝むのに夢中になって返事もしない。

「手紙の中に、おばあさんに預けておいたものがあるって書いてあるんですけど……」

大きな声で言うと、老女は拝むのをぴたりとやめて、やっと振り返った。

「おお、そうじゃった」

ヨシは思い出したように、もんぺの片膝を平手で叩くと言った。

「優が死ぬちと前じゃったか。一人でここにやって来てな、帳面を置いて行ったんじゃ」

帳面？

ノートのことか。

「いつか、『優太』と名乗る自分の子が訪ねてきたら、これを渡してほしいと言って。そのとき、妙だとは思ったんじゃ。そんなもん、子供が大きくなったら自分で渡せばいいのに。なぜ、この婆ちゃに預けていくのだと。わしはそう聞いた。聞いても、優は何も答えなかった。ただ、しばらく預かってほしい。そして、『優太』という子が来たら渡してほしいと繰り返すだけで。今から思えば、優はあのときもう」

老女は哀しげに首を振った。

「ノートには何が書いてあったんですか？」

優太は勢い込んで聞いた。

「分からん」

老女は白髪頭を振った。

「わしは読んでないからな。表に『我が子、優太へ』と書いてあった。それしか見ておらん。帳面には封印するように粘着テープが貼り付けてあった。優は、優太という子以外には誰にも見せるなと言った。わしには見るなとは言わなかったが、たとえ見たくても、あの頃から目が悪くなっていたからな、細かい字は読めないんじゃ。いまだにあれに何が書いてあるのかは知らん」

「それ、今もありますか」

そう聞くと、ヨシは、

「むろん、とってある。どれ、今持ってきてあげよう」

曲がった腰を大儀そうに伸ばしながら立ち上がると、奥の方に歩いて行った。

やがて、老女は、手に一冊の古びた薄いノートを持って戻ってきた。

5

「これじゃよ」

ヨシは優太にそのノートを手渡した。

それは、少し黄ばんだ、ごく普通のノートだった。表紙には、ヨシの言った通り、

「我が子、優太へ」とペン字で書かれていた。その字は、ぬいぐるみの腹の中から出てきた手紙の筆跡とよく似ていた。

ノートの右端には、べったりと茶色の粘着テープが貼り付けられており、それを剝《は》がさないと、中が読めないようになっていた。

優太は、爆発物でも受け取ったような顔で、手の中のノートを見ていた。

この中に一体何が……。

今すぐにでも封印を引き破いて、中を読んでみたいような、それとも、このまま永遠に読みたくないような……。

複雑な気持ちだった。

それは、ちょうど学期末に貰う成績表を開くときの気分に似ていた。

上がっているなら早く開いて中を見てみたいが、下がっているなら見たくない……。

「やれやれ、これで思い残すことはなくなった」

ヨシは肩の荷をおろしたという顔で言った。

「優からこれを預かってからというもの、ずっと気になっておったんじゃ。なんとかわ

しが生きているうちに、優太という子に渡さにゃいかんと思ってたからのう。優との約束を果たすまでは死んでも死にきれんと。おまえにこれを渡して、わしの役目はようやく終わった。これで、いつでも死んだ爺さんの元に行ける」

老女はそう言って、仏壇の方を見た。

仏壇に飾ってあった軍服姿の男の写真は、ヨシの夫なのだろうか。

優太が手の中のノートを今読もうかどうしようか迷っていると、

「それを読むのは後でもいいじゃろ。それより、優太。おなかすいてないか」

ヨシは笑顔になって聞いた。

「さっき、トマト食べたから」

そんなにすいてないと言おうとした途端に、優太の腹がぐるると鳴った。

「はは。腹は正直じゃ。どれ、今、むすびでもこしらえてきてやろう」

ヨシは再び奥に入って行った。

「べつに腹へって鳴ったわけじゃ……」

優太は自分の腹を撫でながら首をかしげた。

やがて、ヨシが大きな塩むすびを幾つも載せた皿を持って戻ってきた。

「ほら、食べろ」

皿を優太の前にどんと置いた。

「…………」

ほら、食べろと言われても。

優太は啞然《あぜん》として目の前の塩むすびの山を見た。

なんだよ、このおむすび。海苔《のり》とか胡麻《ごま》とか何もついてないじゃんか。ただ、ごはん丸めただけじゃんか。

優太にとって、「おむすび」とは、必ず外がわに海苔がついたもののことで、母が、遠足とか運動会で作ってくれたのはまさにそういう「おむすび」だった。

それにでかすぎる。

こんなの一口で食べようとしたら、顎の関節がはずれてしまう。

母が作ってくれるのは、いつも、二口くらいで食べられるようなものだった。

「どうした？　食べないのか」

ヨシは優太の顔を覗き込むようにして聞いた。

「今時の子の口には、こんな塩むすびなんか合わんのかのう。わしらの子供の頃は、白米のおむすびなんて大の御馳走《ごちそう》じゃったが」

ヨシはしょげたように言った。

「た、食べます」

優太は慌てて言うと、大きなおむすびの一つをつかんで、頰張った。

驚いたことに、中にも何も入っていなかった。焼きタラコはおろか、梅干しさえも。

正真正銘の塩をまぶしただけの塩むすびだった。

しかし……。

うまかった。

米と塩がいいのだろう。

最初は半ばやけくそだったが、途中からは、トマトのときのように、むさぼるように食べた。

さっき食べた三個のトマトはどこに消えたのかという食べっぷりで一個を平らげ、二個めのおむすびに米粒だらけの手を出そうとしたとき、

「今、優太は幸せか」

それまで、優太の方を目を細めて見ていたヨシがふいに尋ねた。

二個めのおむすびに伸ばしかけた手を止めて、優太ははたと考えた。

今は幸せか。

単純だが、答えるのは難しい質問だった。

僕は今幸せだろうか。

すぐには答えられない。

「よく分からない」

「両親はいるのか」

ヨシはさらに聞いた。

「お母さんはいるけど、お父さんは……」

三年前に、学者だった父が線路に転落した小学生を助けようとして亡くなった話をした。

「ほう。おまえのお父さんはそんな立派な人だったのか」

ヨシは感心したように言った。

「うん。お父さんはとても立派な人だった。僕はお父さんを今でも尊敬している」

父の話を皮切りに、優太は、母が画家で、一歳違いの優秀な兄がいることを夢中で話した。

「お母さんの絵はあまり売れないし有名でもないけど、僕はお母さんの描く絵もお母さんも好きだ。兄貴とはいつも比べられて頭に来るけど、兄貴もやっぱ好きだ」

優太は二個めのおむすびを頬張りながら言った。

「なんだ。それじゃ、優太は十分幸せじゃないか」

ヨシが笑いながら言う。

「そうかな……？」

優太は小首を傾げた。

「そうさ。お父さんが亡くなってしまったのは不幸かもしれんが、人はいつかは死ぬもんさ。おまえはそのお父さんを今でも尊敬していると言った。今、一緒に暮らしているお母さんもお兄ちゃんも好きだと言った。家族を愛せる人間はそれだけで十分幸せなんだよ。いいか、優太。親を愛せるってことは、親から愛してもらったってことなんだからな。じゃから、優太はこんないい子に育ったんだ」

いい子？

僕がいい子？

優太はびっくりした。

いい子なんて言われたの初めてだ。

物心ついたときから、「いい子」と言われるのはいつも兄貴の方だったから。

でも、おばあさんの言う通りかもしれない。

お父さんが亡くなったことを除けば、これまで、そんなに不幸だと思ったことは一度もなかった。今、住んでいる家だって、豪邸とまではいかないけど、まあ良い方だし、少なくともこの掘っ建て小屋みたいな家よりは遥かに立派だ。自分の部屋もあるし、僕を育ててくれたお母さんは奇麗だし、おまけに芸術家だ。

そりゃ、悩みはたくさんあった。中二の平均より背が低いとか、中学に入って急にニキビが増え始めたとか、成績がびりから数えた方が早いとか、女子に全然相手にされないとか。

でも、そんなのはちっぽけな悩みにすぎなかった。

そうだ。僕は今まで、「日向優太」として、十分幸せに暮らしてきたんだ。

優太はそう思うと、それを口に出して言った。

「うん。僕は幸せだったかもしれない」

「そうか。幸せだったか」

ヨシは涙をためた目で何度も頷いた。

「それはよかった。おまえが貰われていった家で幸せに暮らしているかどうか、それだけが気がかりじゃった。良い家に貰われてよかった。優に育てられるより、おまえにとってよかったのかもしれん」

「ねえ、おばあさん」

優太は塩むすびを手にしながら言った。

「僕はどうして、今の家に貰われていったの？　トマトくれたおばさんに聞いたら
……」

隣の主婦から聞いた話をした。

「おばさんもそれ以上詳しいことは知らないから、あとはおばあさんに聞けって」

「おまえ、さっき、なんて名字だと言ったっけ？」

ヨシは突然そう聞いた。

「日向。日に向かうと書いて日向だよ」

「身重の久野が訪ねたというのが、その日向って家だったんだよ」

「え……」

「わしも人づてに聞いただけだから、よくは知らんのだが、久野は、おまえのお母さんを訪ねて行ったらしい」

「じゃ、久野という人と僕のお母さんは知り合いだったの？」

「そういうことだろうな。じゃが、無理をしたためか、予定日よりも早く産気づいてしまい、おまえのお母さんに助けられて、近くの病院に行ったんじゃ。結局、おまえだけは助かったものの、優はもう亡くなっていたし、久野も施設で育った天涯孤独の身の上じゃったから、生まれてきた子を育てる者がおらん。優の身内といえば、わしだけじゃったが、こんな婆ちゃんに赤ん坊は育てられん。そのとき、おまえのお母さんが自分の子として育てると申し出てくれたんじゃとか」

「でもさ、どうして」

と優太は勢い込んで聞いた。

「お母さんは僕を引き取って育ててくれたの？　久野って人とはただの知り合いというだけで赤の他人だったんでしょ。親戚でもなんでもないのに」

「さあな。わしにもそのへんは分からん。その話を人づてに聞いたときは、おまえのお母さんには子供がなくて、それで、おまえを自分の子にする気になったのかと思っていたんじゃが」

ヨシは曖昧《あいまい》に言った。

「そんなはずないよ。だって、兄貴がいるもん」

「そうじゃな……」

ヨシは一瞬考え込むような顔をした。

「子供がいないから引き取ったというわけではなかったのか。じゃとすれば、乗りかかった船というか、産気づいた久野を助けようとしたついでに、その子も引き取って育てようという気になったものか。大したもんじゃ。誰にでもできることではないぞ。おまえのお父さんが立派な人だったように、おまえのお母さんも立派な人じゃな」

「お母さんはクリスチャンだからね」

優太は母を褒められたのが嬉しくて言った。

「クリスチャン？」

「うん。お母さんのお父さんというのが牧師だったんだって。それで、生まれたときからクリスチャン」

「牧師……？」

ヨシの顔に奇妙な表情が浮かんだ。

「お母さんの名前は？」

「沙羅っていうんだ。なんかね、聖書に出てくる女の人と同じ名前なんだって」

「サラ……」

ヨシは口の中で呟いたあと、

「名字はなんという？」

なおも聞いた。

「だから、日向……」

「お母さんの旧姓だよ」

「きゅうせい？」

「結婚する前の名字だ」

ヨシはじれったそうに言った。

「結婚前の名字？　なんていったかなぁ。前に聞いたことあるけど、忘れちゃった」

「歳は？」

「十三」

「おまえじゃない。お母さんの歳だ」

「えーと……四十歳だったかな」

「おまえ、お祖父さんに会ったことがあるか。その牧師とかいう」

「ないよ。だって、僕が生まれる前に死んじゃったんだもん」

優太は肩を竦めた。

「なぜ死んだ……？」

ヨシの声が心なしか震えを帯びていた。

「知らない。なんかの事故だったんだって。その話、お母さん、あまりしたがらないんだ。お父さんからも聞いちゃいけないって言われてたし。だから、詳しいことは知らない。お母さんが十歳くらいのときに、家族が事故でいっぺんに死んじゃったんだってさ」

優太は塩むすびを食べながら言った。

「まさか、そんな……。そんなことが」

ヨシは顔色を変えて、ぶつぶつと独り言を言いだした。

「おばあさん？」

「いや、そうだ。じゃから、久野はあんな身体で訪ねて行ったのか……」

優太は、ひどくショックを受けたように独り言を言い続ける老女の方を不思議そうな目で見ていた。

「なんてことだ。よりにもよって、優の子を……」

ヨシは呟くと、痛ましそうに優太の顔をじっと見た。

優太は何も分からず、きょとんとしていた。

6

「優太。今夜はここに泊まっていくか」

やがて、気を取り直したように、ヨシは聞いた。

優太は複雑な顔でしばらく黙っていた。

できれば、こんなボロ家より、ビジネスホテルか旅館がいいのだが。

「お母さんから宿泊代貰ってきたから、ホテルか旅館に泊まります」

そう言うと、

「はは。このへんにそんな洒落《しゃれ》たもんはないよ」

ヨシは一笑に付した。

「…………」

「街に出ればあるじゃろうが、この時間では、バスも来ん。遠慮せずにここにお泊まり。こんなあばら家の煎餅布団でも夜露くらいはしのげるで」

別に遠慮しているわけではないのだが……。

優太はそう思いながらも、

「じゃ、泊まらせてもらいます」

と渋々答えた。

「あ、そうだ」

優太は思い出したように言った。

「電話、貸してもらえますか」

あたりをきょろきょろ見ながら聞いた。電話はどこにあるのだろう。着いたら、すぐに連絡しろと母に言われていた。携帯を持ってきたが、案の定、圏外のようだ。

「電話なんてないよ」

ヨシはあっさり言った。

「え、ない？」

優太はびっくりして聞き返した。

「こんな婆ちゃの一人暮らしに、電話なんて必要ないからな」

「え、でも……」

母に言われたことを伝えると、

「そうか。それなら、隣のカヨさんちに行くといい。あそこには電話があるから。わしも用があるときはあそこで借りとる」

ヨシはそう言うと、

「さあ、暗くなる前に早く行ってこい。お母さんが心配してるだろう」

優太をせきたてた。

「ほんじゃ、ちょっと行ってきます」

優太は齧りかけの塩むすびを皿に戻すと、帽子を被って、外に出た。

空には既に夕焼けがかかっていた。

電話もないのかよ。

ぼやきつつ、道に転がっていた空き缶を蹴りながら、蛙の鳴くあぜ道を歩きだした。

隣といっても、間には田畑がえんえんと広がっていて、歩けば五、六分くらいはかかるほど離れている。

「土屋」という表札のかかった、福田ヨシの家より遥かに立派な門構えの農家の玄関前まで来ると、優太は、玄関脇の呼び鈴を鳴らした。

出てきたのは、中学生くらいの体格の良い丸坊主の少年だった。

用件を告げると、

「かあちゃーん。変なガキが電話貸してくれって」

と奥に向かってどなった。

変なガキとはなんだよ。おまえだって、今時古臭いランニングシャツなんか着た丸坊主の変なガキじゃないか。

優太は腹の中で毒づいた。

「おや、優太じゃないか」

丸坊主に呼ばれて出てきたのは、トマトをくれたおばさんだった。

再び用件を告げると、土屋カヨは笑顔で、

「いいとも、そこの電話を使いなよ」

と言ってくれた。

玄関を入ると、下駄箱の上に、黒電話があった。

ここから東京にかけるとしたら、どのくらいの電話代がかかるだろうかと心配しながら、優太は、自宅の番号をダイヤルした。

三回ほど呼び出し音が鳴って、出たのは母だった。

「あ、お母さん。僕」

「優太？　今、着いたの？」

「うん」

「遅いから心配してたのよ」

「じゃ、切るから」

電話代を気にして受話器を置こうとすると、

「ちょっと待ってよ。そんなに慌てて切らなくても」

「だって、これ、土屋……じゃなかった中山んちの電話だもん。電話代かかるでしょ。無事に着いたから。切るよ」

「待って。桐人も話したいって。こっちからかけ直すから、そっちの番号言って」

「えーと、ここの番号は……」

優太は周りを見回した。さっきの丸坊主が虫捕り網をかついで、そばを通りかかったので、

「ここの番号、幾つ？」

と聞いた。教えられた通りに母に伝えると、

「今の子、健一君？」

と母は聞いた。丸坊主の声が電話ごしに聞こえたらしい。

「う、うん」

「声、変わったね。昔はもっとかわいい声だったのに。ガマガエルみたいな声してたじゃない」

「声変わりしたんだよ」

「ああ、そうか。じゃ、今かけ直すから」

母はそう言うと、電話を切った。

優太がそのまま待っていると、黒電話がジリリンと鳴った。

「はい、僕」

「おうちの人いる？　ご挨拶しておきたいんだけど」

「だ、誰もいない。みんな外出してるみたい。いるのは健一だけ。健一もこれから虫捕りに出かけるって」

優太は精一杯の嘘をつきまくった。

「夜にもう一度かけ直そうか」

「そ、そんな必要ないって」

「そう？　じゃ、よろしく言っておいてね」

「言っとく。兄貴、そこにいる？」

「今かわる」

母の声がしたかと思うと、すぐに兄の声にかわった。

「優太、大丈夫か？」

兄の声は少し心配そうだった。

「大丈夫」

「携帯にかけてもつながらないから」

「ここド圏外だよ」

「お母さん、鍋、吹いてるんじゃない？」

そばにいる母を追っ払うためか、桐人の声がした。ややあって、

「何か分かったか？」

兄は声をひそめるようにして聞いた。

「いろいろとね……」

「いろいろって？」

「兄貴の言った通りだった。僕はやっぱ……」

優太は話しかけたが、思い直したように、

「詳しいことはうちに帰って話す。電話だと長くなるから」

「そうか。分かった」

弟の声が意外に元気というか呑気そうなのに安心したのか、兄の声もどこかほっとしたようだった。

「明日帰るから」

優太がそう言って、受話器を耳からはずそうとすると、

「優太」

兄の声がした。

「なに？」

「何があっても、真っすぐうちに帰ってくるんだぞ」

「…………」

「おまえのうちはここだからな。ここしかないんだからな。僕もお母さんも待ってるからな」

「もちろん帰るよ。あったり前だろ」

優太はそう言って電話を切った。

兄の心配しているような声が嬉しかった。

「おい、おまえ、電話長すぎ」

受話器を置いて振り向くと、丸坊主が後ろに立っていた。

「東京にかけたんだろ。電話代よこせ、ってかあちゃんが言ってたぞ」

「そんなにかけてないよ。向こうからかけ直してもらったから」

優太はむっとしたように言い返した。

「でも、払えって言うなら払うよ。幾らだよ」

渋々ジーンズの尻ポケットから財布を取り出そうとした。

「あはは。ひっかかった」

丸坊主は腹を抱えて大笑いした。

「嘘だってば。かあちゃんはそんなこと言ってねえよ」

なんだ、こいつ、と思いながらも、優太は、取り出しかけた財布を元に戻した。

「おまえ、ユウタっていうのか」

丸坊主が興味を持ったような顔つきで聞いた。

「東京に住んでるのか」

「うん」

「俺はタカミチ。土屋タカミチだ」

丸坊主はそう名乗った。こいつがタカミチか。

「優太って、優秀の優にチンポコが太いの太って書くんだってな」

タカミチがげらげら笑いながら言った。下品な奴だ。

「タカミチってどう書くか知ってるか」

知るかよ、こんなド田舎のくそガキの名前なんか。

「おまえ、足利尊氏って知ってるか」

「アシカガタカウジ……誰だっけ」

アシカガ銀行の頭取？

「おまえ、もの知らんな。足利尊氏ってのはな、江戸幕府を開いたえらい人なんだぞ」

「江戸幕府？」

「俺のタカミチって名前は、この尊氏から取って尊道って書くんだぞ。じいちゃんが付けたんだと。じいちゃんはすんごい物知りなんだ」

「土屋家って、足利尊氏の子孫？」

「まあな。家来のまた家来の子孫の知り合いがじいちゃんの戦友だったんだぞ」

赤の他人じゃん。

優太は早く帰りたいなと思った。

「おまえ、何年？」

それでも、土屋尊道《たかみち》は、都会から来た少年に興味が尽きないという顔でなおも聞いた。

「中二」

「中二ィ？」

丸坊主はびっくりしたような奇声をあげた。

「おまえ、中学生かよ？」

からかっているのではなく、心底驚いたという顔をしていた。

「チビだから、俺と同じ小学生かと思ってた」

「えっ」

今度は優太が驚く番だった。

俺と同じじって。

「おまえ、小学生？」

「小六」

「…………」

「東京の中学生って、みんな、おまえみたいなチビばっか？」

丸坊主の小学生は坊ちゃん刈りの中学生を見下ろしながら聞いた。冗談ではなく、本当に疑問に思っているような真顔だった。

「おまえみたいなウスラデカイのもいるよ。女だけどな」

優太は、千夏の顔を思い浮かべながら言い返した。

「へえ。女の方がでかいのか、東京では。カマキリみたいだな」

「じゃな、俺、帰る」

優太は憤然として、土屋家を後にしようとした。これ以上、こいつと話していても無意味だ。

すると、小さな肩を怒らせて背中を向けた優太に向かって、土屋少年が叫んだ。

「今夜さ、うちの庭で花火やるんだよ。おまえ、来てもいいぞ」

来てもいいぞ？

なんだ、その許可するような言い方は。

優太はむかっとした。

どうせ縁側で線香花火か何かをチョロチョロやるだけだろうが。誰が行くかそんなもん。

そう思いながら、優太は振り返りもせず、返事もしなかった。

「七時だからなー。来てもいいぞー」

土屋尊道の声はなおもそう叫んでいた。

7

午後七時をすぎると、ドーンドーンと花火を打ち上げるような派手な音が聞こえてきた。

「今日はお祭り？」

晩ご飯をヨシと食べ終わった後、茶の間で膝を抱えて、映りの悪いテレビを見ていた優太が、そわそわした様子で、ヨシに聞いた。

「隣じゃろ。今夜、庭で花火やるって言ってたから」

映りの悪いテレビを平手で思い切りどつきながらヨシが言った。

優太は立ち上がると、隣の見える側の窓を開けて見た。

なるほど、隣の農家の方から、ヒュルヒュルと音をたてて、今まさに、華麗な火の花が夜空に咲こうとしていた。

花火って……。

打ち上げ花火だったのか。

庭でやるって言ったから、しょぼい線香花火だとばかり思っていた。

打ち上げ花火ならやりたいなぁ。

そう思いながら、夜空を物欲しげに見ていると、

「優太。おまえ、行きたいのか」

ヨシが聞いた。

「うん……」

正直なところ、この薄暗い茶の間で、老女と二人で面白おかしくもないＮＨＫのナツメロ番組を見ているよりは、花火の方が遥かに魅力的だ。

昼間、土屋尊道に誘われたことをヨシに話すと、

「それなら、早く行ってこい」

と言ってくれた。

さっそく飛び出して行こうとすると、ヨシが呼び止めた。

「優太。ちょっと待て。これ、持ってけ」

そう言うと、ヨシは外に出て、何やらバタバタ、コケーッとやっていたが、やがて、手に、首をひねられてぐったりとした雄鶏を一羽ぶらさげて戻ってきた。

優太は死んだ鶏を後ずさりしながら見つめた。

「こ、これって、庭にいた鶏？」

「そうじゃ」

「こ、殺しちゃったの？」

「生きたままじゃ食えんだろうが」

「ペットじゃなかったの？」

「ペット？」

「家族みたいな動物のこと」

「誰が一円の得にもならん動物なんか飼うか。雌は卵を取るため、雄は肉を食うために飼っとるんじゃ。これ、持ってけ。カヨさんに電話代と風呂代だと言ってな」

ヨシは当然のごとく言うと、死んだ雄鶏をほれと差し出した。優太はこわごわ、鶏の顔を見ないようにして、それを受け取った。

これが、昼間、自分の足をつついて遊んでいた人なつっこい雄鶏でないのを祈りながら。

「あの、風呂代って？」

ふと気が付いて聞いてみた。

「うちには風呂がないでな、ついでにあそこで入れてもらえ。その風呂代じゃ」

風呂もないのかよ。

「それじゃ、おばあさんはいつもお風呂はどうしてるの？」

「なあに、わしみたいな年寄りは風呂なんか月に二回入ればいいんじゃ」

月に二回って、僕が頭洗う回数より少ないじゃないか。

「この歳になれば、たいして垢《あか》も脂も出んからな」

どうやら、ヨシも風呂を使うときは、隣まで行くようだ。

つまり、こういうことか。

優太はようやく合点した。

ヨシの家は、土屋家の少し離れた奥座敷のようなもので、親戚でもなんでもないらしいが、田舎では、隣同士というのはこういう「裸」の付き合い方をするものらしい。

トマトをくれたおばさんが、ヨシの家にずかずかと上がり込んできたのも、そのせいだったのか。あのおばさん、旨いトマトもくれたし、電話代も請求しなかったし、良い人なんだな。

そんなことを思いながら、ヨシの家を出ると、あたりは真っ暗だった。都会のように街灯も何もないから、蛙の大合唱を聴きながら、暗いあぜ道を一人で歩くのは少し怖い。しかも、手には鶏の死骸《しがい》をぶらさげて……。

なんとか土屋家に辿り着き、おばさんに鶏を渡すと、庭に出てみた。

庭は広かった。都会育ちの優太には、「庭」ではなくて「広場」に値する空間だった。

土屋家というのは、このあたりでは豪農の部類に入るらしい。

広い庭には、近所の子供たちも数人集まっていた。

「おう、優太。おまえ、やっぱし来たか」

土屋尊道が優太を見つけると、声をかけてきた。

「こいつ、優太っていうんだ。ヨシばあさんとこに東京から遊びに来たんだ」

尊道が他の子供たちに紹介した。いずれも、小中学生ばかりだった。優太は田舎の子供たちに交じって、嬉々として花火を始めた。

一時間ほど花火に夢中になっていると、家の方から、カヨおばさんの声がした。

「みんな、おいで。スイカだよー」

その声に、庭で遊んでいた子供たちは、まるで羊飼いの声を聞いた子羊のように、縁側にどっと集まってきた。

縁側に仲良く並んで、足をぶらつかせながらスイカにかぶりついていると、しばらくして、おばさんは、今度はフライドチキンの大盛りを載せた大皿を運んできた。

「このチキン、うめえ」

空揚げにかぶりつくなり、尊道は、脂まみれの口を手の甲で拭いながら言った。

他の子供たちも、「うまい」「うまい」を連発する。

優太も、フライドチキンは大好物だから、一つ素手でつかみ、口に運びかけたとき、

「これは優太のお土産だよ」

カヨおばさんがにこにこしながら言った。

「ヨシさんとこのは放し飼いだから、肉が締まって旨いだろ」

え？

口の手前まで運びかけたフライドチキンを、優太はまじまじと見た。

まさか、これがあの雄鶏の成れの果て……？

昼間、ヨシばあさんの家の庭先でのどかに遊んでいた雄鶏が、首締められて、皮ひん剝かれてバラバラに刻まれて、小麦粉つけられて油で揚げられた……姿？

そう思うと、急に食欲がなくなった。

優太は、手にした空揚げをそっと皿に戻した。

これが自給自足というものの実態なのだろうか。

「どうした、優太。おまえ、全然食べないじゃないか。鶏の空揚げは嫌いなのか」

カヨが不思議そうに聞いた。

「あ、そうじゃないけど、さっき、夜ごはん食べたばかりだから」

優太は泣き笑いのような顔で言った。

「これは俺が貰ったと」

大皿に最後に残っていた一つを尊道がパクリと口に入れるのを、優太は恨めしそうに見ていた。

「もう九時すぎたからな。花火はやめて、みんなうちにお帰り」

スイカと空揚げが奇麗になくなると、カヨは子供たちに向かって言った。

子供たちは縁側から立ち上がると、「バイバイ」と言い合って、それぞれの家に帰って行った。

「優太は尊道と風呂にお入り」

おばさんは空の皿を片付けながら言った。

尊道と？

優太は戸惑ったような顔になった。

今まで、誰かと風呂に入ったことなんてない。父や兄貴と一緒に入ったのは、小学校の低学年くらいまでだ。中学に入ってからは一度もない。

それに家族ならまだしも、あの丸坊主と……。

そう考えて、ためらっていると、

「おい、優太。風呂はこっちだ」

尊道が、来いというように、顎をしゃくった。優太が中学生と分かっても、相変わらずのタメ口だった。

仕方なく、尊道の後をついて行くと、これまた驚いたことに、土屋家の風呂は、家の中にはなく、外に小さな小屋として作られていた。

「じいちゃんが作ったんだ。窓を開けると星が見えるぞ。露天風呂みたいでいいだろ」

尊道は自慢そうに言って、中に入ると、脱衣場で、着ているものをさっさと脱ぎ始めた。素っ裸になると、タオルで前を隠そうともせず、入り口のところで立ち尽くしている優太に向かって、

「何やってんだ。おまえも早く脱げよ」

と言った。

尊道の素っ裸の身体を見て、優太は目を見張った。

生えてる……。

これが小学生か、というような立派な身体だった。

完全に負けてる。

兄貴に負けるのは年上だからまだ我慢ができるが、こんな年下の小学生に負けるなんて。

屈辱もいいとこだ。

あーあ。もし女の子だったら、生理が急に来ちゃったとか言って逃げられるのに……。

優太は憂鬱な気分でそう思った。

土屋家から帰ってくると、ヨシばあさんは、茶の間のちゃぶ台を片付けて、そこに布団を敷き始めていた。

「あれ。もう寝るの？」

優太は驚いたように聞いた。

時計を見れば、まだ午後九時半をまわったところだった。

「わしはいつも八時には寝るんじゃ。朝が早いからな。今日はおまえを待っていたから、これでも遅い方じゃ」

ヨシはよっこらしょと腰を伸ばすと、押し入れからもう一組の布団を出そうとした。

「僕がやる」

優太はすぐに手伝った。

「やっぱり、おまえは優しい子じゃ。何も言わなくても、こうして手伝ってくれる。優もそうじゃった」

ヨシは目を細めて優太を見た。

「僕もここで寝るの？」

既に敷かれている布団の横にもう一組の布団を敷きながら、優太は聞いた。

「こんなババアの隣では嫌か」

ヨシは笑いながら冗談のように言った。

「そ、そんなことないけど……」

ヨシばあさんと一緒に寝るのが嫌というのではないが、自分の部屋ができてからは、風呂同様、寝るのはいつも一人だった。

誰かと一緒で眠れるかな。

そんな心配があった。しかし、土屋家の風呂にしても、誰かと一緒に入るのは、最初はかなり抵抗があったが、いったん裸になって入ってしまえば、尊道と背中を流しっこしたり、湯をひっかけ合ったり、湯船につかりながら窓を開けて二人で星を眺めたり、とけっこう楽しかった。

もっとも、風呂から出るとき、尊道が、

「おまえって、ちっちゃいのは背だけじゃないんだな。これじゃ、優太じゃなくて優小だ。優小に改名しろ」

とにやにやしながら言ったのが、非常にむかついたが。

おまえがでかすぎるんだよ。何もかも。

「優太、寝間着持ってきたか」

布団を敷き終わると、ヨシが聞いた。

あ……。

優太はしまったと思った。

パジャマは持ってきてない。ビジネスホテルか何かに泊まるつもりだったから必要ないと思っていたのだ。

「忘れた」

と言うと、ヨシは、押し入れの中をごそごそやって、古着のようなパジャマを取り出してきた。

「これ、着ろ。古いが、ちゃんと洗ってある。汚くないぞ」

そう言って、棒縞のパジャマを優太に手渡した。

優太はTシャツとジーンズを脱ぎ捨てると、そのパジャマに着替えた。

ぶかぶかだった。

袖口からは指先が少し見えるだけだし、ズボンもだぶついている。歩こうとしたら、ズボンの裾を踏ん付けて転びそうになった。

「はは。おまえにはでかいか」

ヨシはその姿を見て笑った。

「まあ、優がここにいた頃は、歳がおまえより少し上だったし、身体もおまえよりでかったからな」

ぶかぶかのパジャマを着て、情けない顔をしている優太にヨシは慰めるように言った。

優太ははっとした。

この古いパジャマは……。

「それは、昔、優が着ていたものだよ。その布団も、優が寝ていたものだ。よくこうして、二人で並んで寝たもんさ……」

ヨシは昔を懐かしむように言った。

このパジャマは、父いや、カワシマ優のものだったのか。そして、この布団も……。

優太は複雑な表情でパジャマと布団を見比べた。

「布団も煎餅にはなっているが、今でも時々干しているから汚くはないぞ」

ヨシはそう言うと、優太に手伝わせて、茶の間に濃緑色の蚊帳《かや》を吊り始めた。クーラーなどないから、蒸し暑い夏は窓を開け放して寝るのだろう。

蚊帳を吊り終わると、ヨシは寝間着にさっさと着替えて、

「おやすみ。おまえも早く寝ろ」

と言って、自分の布団にもぐり込んだ。

早く寝ろと言われても。

優太は困ったように頭を掻いた。

いくら眠り魔の僕でも、こんな時間に眠れないよ……。

うちにいたときは、遅くまでテレビを見たりゲームをしたりして、ベッドに入るのは零時頃だった。

まだ九時半じゃんかよ。

やるせない目で時計を見た。

ここにはゲームもないし漫画もない。暇のつぶしようがない。テレビはあっても、十分ごとに平手でどつかなければ、ろくに映らないような古ぼけたテレビなど見る気がしないし、音をたてれば、隣で寝ているヨシの迷惑になる。

寝るしかないか。

優太はあきらめて、大きすぎるパジャマの袖と裾を折ってから、どうか痩せこけた青白い手が出てきませんようにと必死に祈りながら、こわごわ、ボットン式トイレで用を足すと、布団にもぐり込んだ。

しかし、やはりすぐには眠れない。モミガラ枕もうちの羽根枕と違って硬すぎるし、時々干しているとヨシは言っていたが、布団は煎餅すぎる上に黴臭い。しかも、蚊帳の外をぶーんぶーんと飛び交う蚊の音もひどく気になる。

しばらく、ごろごろと寝返りをうっていたが、だめだ。眠れない。あきらめて、むっくりと起き上がってしまった。隣のヨシばあさんを窺うと、軽い鼾《いびき》をかいて、既に眠っているようだ。

参ったなぁ。

優太は、布団の上にあぐらをかき、がりがりと頭を掻いていたが、そのうち、そうだと思いついたことがあった。

カワシマ優が遺したノート。

あれを今読もう。

夕食後に読もうと思っていたのだが、土屋家に花火をしに行ってしまったので、ヨシから渡された後、リュックに入れたままになっていた。

そう思いつくと、蚊帳をくぐり抜けて、リュックの中から例のノートを取り出した。

それを持って、再び蚊帳の中に入り、ヨシが熟睡しているのを確かめてから、傘電灯の紐を引っ張って、明かりをつけた。明かりをつけても、ヨシの鼾は止まらなかった。

優太は布団の上にあぐらをかいたまま、まず、ノートに貼り付けてあった封印をびりびりと乱暴に引き破った。

ついに封印は解けた。

ドキドキしてきた。

中には一体何が書かれているのだろう。

布団にもぐり込むと、腹ばいになって、封印の解けたノートを開いた。ノートには横書きでぎっしりと細かいペン字が埋まっていた。

優太は腹ばいのまま、心臓を高鳴らせながら、ノートを読み始めた。

「**優太。とうとうおまえはこの手記を見付けたようだな。この手記を見付けたという事**

は、私がおまえに与えるつもりで買ってきた熊のぬいぐるみの中に隠したあのメッセージを見付けたという事だろうか。

今、おまえは幾つだろう。祖母の家までこうして訪ねて来る事ができたのならば、そんなに幼くはあるまい。これから私がここに書く話を十分に理解できる年齢であってくれればいいのだが。

今、これを書いている私の傍らには、妻の久野が何も知らずにすやすやと眠っている。そのおなかの中にはおまえがいる。

おまえの名前だが、検診で男児だと分かったとき、私の一字を取って、『優太』と付けたいと言ったのは久野の方だ。私は、最初は、その名前が気に入らなかった。『ゆうた』という音が、聖書に出てくる『ユダ』を連想させたからだ。だが、子供の名前は久野の望む通りにするつもりだ。おそらく、久野はおまえに『優太』という名前を付けるだろう。

私がなぜこんな手記、いや、遺書を遺すつもりになったのか、私自身、解らない。まだ頭の整理がよくできていないのだ。たぶん、書き続けていくうちに、何かが解ってくるに違いない。

遺書と書いたのは、これを書き終えた後、岡山にいる祖母にこれを託し、私は自らの命を断つ決意をしているからだ。

福田ヨシは、私の唯一の肉親であると同時に、この世で最も信頼のおける人物だ。私は数年間祖母と暮らして、それを確信した。おまえにしか読ませたくないこの遺書を託すには格好の人物だ。おそらく、祖母は私の願い通りにしてくれるだろう。

実の父親が自殺したと知って、おまえは衝撃を受けるだろうか。久野はおそらく、おまえには、私は病気で死んだとでも伝えるだろう。もしくは、再婚して、おまえに新しい父親を与え、それが本当の父親だと信じさせているかもしれない。

さて……。

一体何から書き始めたらよいものか。おまえには伝えたい事が沢山あり過ぎて、何から書いてよいのか解らない。

とりあえず、こんな奇怪な形で、おまえにこの手記を遺そうとした理由から書いておこうか。

私は、私の血を引くおまえに真実を伝えたいと思っている。父親である私の身に起こった全てを偽りなく伝えたい。祖母にも妻にも話さなかった事を書き残しておきたいと。

しかし、それと同時に、おまえには何も知らせたくない。おまえは、父親の事など何も知らない方が幸せなのだと思う気持ちもある。私が父の事など知らない方が幸せだったように。

この二つの矛盾する気持ちが、今、私の中で激しくせめぎ合っている。

こんな手記を遺すべきか。それとも、何も遺さず死んでいくべきか。

何にも知らなければ、おまえは平穏で幸福な人生を送る事ができるかもしれないが、おまえの祖父から受け継いだ罪人《つみびと》の血は確実におまえの中にも流れている。それを何も知らずに受け継いでしまえば、私や父が犯したような大罪を、いずれおまえも無自覚に犯してしまうかもしれない。

おまえに知らせるべきか。否か。

結局、どちらを選ぶか、自分では選択できなかった私は、この選択を、神の御心《みこころ》に託すことにした。

全能なる神のなさる事に決して間違いはないからだ。

おまえが、いつか、あの熊の縫いぐるみの中から私のメッセージを見付け、祖母を訪ねて来て、この手記を読む羽目になったとしたら、それは、まぎれもなく神の御心だ。

もしかしたら、縫いぐるみの中のメッセージは久野に先に発見されて、おまえの目に触れる前に破棄されてしまうかもしれない。あるいは、おまえがあのメッセージを発見しても、祖母の元を訪れようとはしないかもしれない。それとも、この手記を託そうと思っている祖母も既に七十を超えているから、おまえが訪ねて行く頃には、この世にいないかもしれない。

そう考えれば、おまえがこの手記を目にする確率はかなり低いだろう。

この手記が何らかの事情によって、おまえの目に触れないまま朽ち果てたとしても、それはそれで致し方ない。それが神の御心ならば、私には何の異存もない。むしろ、そうなってくれる事を心のどこかで願ってもいる。

しかし、そんな低い確率でありながらも、この手記がおまえの目に触れてしまう事になったら、これこそがまさに、神のご意思によるものだ。その時は、決してこの苛酷《かこく》な現実から目をそらすな。神はおまえを試されているのだ」

手記をそこまで読んだとき、隣に寝ていたヨシが大きく寝返りをうった。

優太ははっとして隣を見た。

「……優。まだ起きてたのか。明かりが眩しいよ。消しておくれ」

老女は薄目を開けて寝言のように言った。優太のことを「優」と呼び間違えたのは、半分寝ぼけているのだろう。

「あ、はい」

優太は慌てて立ち上がると、傘電灯の紐を引っ張って明かりを消した。

手記の続きは明日、新幹線の中で読もうと思いながら。

闇《やみ》の中で仰臥《ぎょうが》しながら、優太は思った。

手記にある通りだ。これは「神の御心」としか思えない。もし、利江おばさんの娘の詩音がユータンの服を脱がせなかったら、と思うと。

なんとも奇妙な気分だった。

昔、カワシマ優が着ていたパジャマを着て、カワシマ優が寝ていた布団に寝て、カワシマ優の遺した手記を読むことになろうとは。お父さんもこうして何かに悩んで眠れない夜があったのかな……。

闇の中でぽっかりと目を開けたまま、優太は思った。今は、素直に、カワシマ優という男のことを「お父さん」と心の中で呼ぶようになっていた。

少年だった頃の父の体温がそのまま残っているような、この着古したパジャマのせいかもしれない。

そこに何か血の繋がりのようなものを初めて感じた。

血といえば……。

手記の中にあった「罪人の血」って何だろう。祖父から受け継いだ「罪人の血」って……。

手記をさらに読んでいけば、詳しく書いてあるのかもしれないが、なんだか続きを読むのが怖い。

僕の身体の中にも、そんな「罪人の血」が流れているというのか。

千夏が言ってたっけ。星占いの本によれば、魚座は、聖人か罪人になるかの両極端の星だとか。

僕は罪人の方……？
ああ、今夜はとても眠れそうにない。
優太は闇の中でそう思った。

9

「優太。起きれ」
ぐらぐらと強い力で揺さぶられて、優太は目を覚ました。
うん。ここはどこだ……。
目をこすりながら、しばらくボンヤリとしていた。
背中が痛い。
布団が薄くて硬いせいだ。
どうやら自宅のベッドではないようだ。
どこだろう。
「いいかげんに起きれ。もう七時だ。朝飯食うぞ」
老女の声がした。
あ、そうか。
優太は自分がどこにいるのか、ようやく思い出した。

ここは岡山の袈裟村の福田ヨシの家だ。

実父の手記を読み始めたところで、ヨシに注意されて明かりを消したのは覚えているが、後の記憶がない。手記の続きが気になって、今夜はとても眠れそうもないなどと悲観していたが、どうやら、その五分後には寝付いてしまったようだ。

見ると、茶の間の蚊帳は取り払われ、隣の布団もあげられていた。ちゃぶ台も出されている。

「優太。おまえ、寝相が悪いなぁ」

ヨシが苦笑しながら言った。

寝たときは頭の下にあったはずの枕がとんでもない方向に転がっていた。

「寝ながらラジオ体操してるみたいだったぞ。さ、早く、顔洗ってこい」

ヨシにせきたてられて、優太は頭をがりがり搔きながら起き上がると、洗面所に行った。洗顔を済ませて戻ってくると、ちゃぶ台の上には、朝ごはんの用意がされていた。炊き立てのごはんにネギと豆腐のみそ汁、昨夜《ゆうべ》の残りのヒジキの煮物。生卵と納豆という献立だった。

「僕、納豆いらない」

優太は、どんぶり一杯の納豆を箸《はし》でねちゃねちゃとかき回しているヨシの方を、しかめ面で見ながら言った。

「納豆、嫌いか」

「うん。卵ごはんだけでいい」

優太はそう言って、生卵をそのままご飯の上に落としてざっとかきまぜると、口にかき込んだ。産みたての地卵のせいか、とても旨い。

「そうか。おまえも納豆が嫌いか。変なところが似るもんじゃな」

ヨシは納豆をかき回す手を止めて笑った。

「似るって誰に……？」

「優じゃよ。優も納豆だけは嫌いで、どんなに脅してもすかしても食べようとしなかった」

優太はしばらく黙って卵ご飯をかき込んでいたが、

「ねえ、おばあさん」

「なんじゃ？」

「僕、お父さんに似てる？」

口の中に残っていたご飯を飲み込むと、優太は聞いた。

「お父さんって、優のことか」

ヨシが聞き返した。

「うん。顔とかさ、似てる？」

「どうかのう」

ヨシは呟いて、じっと目の前の優太の顔を凝視するように見た。

「わしはこの通り、目が悪くなってしもうて、おまえの顔もぼやけて、よく見えんのじゃ。じゃから、優に似てるかどうかはわからんが、納豆が嫌いなとことか、頼まなくても手伝いをしてくれる優しいとこは似てるかもな」

「お父さんの写真ってある？」

優太は聞いた。

カワシマ優ってどんな顔をしていたのだろうか。

「いいや、優の写真はここにはない。あるのは、あれだけじゃ」

ヨシはそう言って、仏壇の方を顎で示した。母親に抱かれている赤ん坊の頃の写真のことだろう。

「お父さん、背高かった？」

優太はさらに聞いた。実を言うと、これが一番気になる。

「どうじゃろう。普通か、普通よりちと大きかったかな」

ヨシは思い出すように言った。

「普通って、百七十くらい？」

「そんくらいじゃな」

そうか。チビじゃなかったんだ。普通かそれ以上だったとすると、遺伝的に考えれば、僕もいずれそうなるかも。

それを聞いて安心した。聞きたいことはまだある。

「お父さんって、クリスチャンだったの」

「なぜ、そう思う？」

「昨日、途中まで読んだノートの中に……」

優太は話した。

「神の御心」という言葉が何度も出てきたことや、優太という名前からユダを連想したなどという記述があったことを。

「だから、もしかしたら、お母さんと同じクリスチャンだったのかなと思って」

「クリスチャンではなかったが」

ヨシは俯《うつむ》いたまま答えた。

「聖書にはえらく興味を持っていたようで、一人で読んでいた。牧師さんの家で暮らしているうちに、自然に影響を受けたのかもしれんな」

牧師の家で暮らしていた？

「その牧師って」

優太が言いかけたとき、

「おーい、優太、いるかー」

と玄関の方から大声がした。

尊道の声だ。

優太は箸を止めた。

茶碗を置いて、玄関に出てみると、虫捕り網をかついだ尊道が立っていた。子分風の小学生を数人引き連れている。

「これから虫捕りに行くんだけど、おまえも行かないか」

「今、ごはん食べてるから」

「なんだ。まだ飯食ってんのかよ。早く食っちゃえよ。待っててやっから」

「僕、行けないや」

「なんで？　あ、もしかして、おまえ、虫こわいとか」

「違うよ。帰るんだ。ご飯食べたら」

「帰るって東京にか？」

尊道の顔に失望の色が浮かんだ。

「なんだよ。帰っちゃうのかよ。もちっといろよ。明日の夜、うちの庭でバーベキューやるって、かあちゃんが言ってたぞ」

「でも、新幹線の切符も買っちゃったし。うちの人にも今日帰るって言ってあるから」

優太が残念そうに言うと、

「そっか。しゃーねえな。じゃさ、また遊びに来いよ。冬休みとかさ」

尊道は気を取り直したように言った。

「うん。必ず来る」

「また一緒に風呂入ろうな。今度来るときは、ちっとはでかくなってろよ」

尊道はにやっと笑って言い残すと、子分たちを引き連れて帰って行った。

ちっとはでかくなってろ?

背のことか?

茶の間に戻ってくると、茶碗を手にした。

何を話しかけていたんだっけ。

あ、そうだ。

牧師のことだ。

カワシマ優がしばらく牧師の家で暮らしていたって話だった。

「さっきの話の続きだけど、牧師って」

優太が言いかけると、

「優太。ヒジキも食え。ヒジキは身体にいいぞ」

ヨシが遮るように言った。

ヒジキ？

ああ、この黒い煮物か。

「ヒジキの煮物ってあまりうまくない。食べたくないなぁと思いながら、

「ヒジキ食べると、背伸びる？」

「おお、伸びるとも。グングン伸びて巨人のようになれるぞ」

そこまでなりたくはないが。

冬休みまでにもう少しでかくなって、尊道の奴を見下ろしてやろう。

優太はそう思いながら、ヒジキの煮物にも渋々箸をつけた。

沈黙が続いた。くちゃくちゃという二人の咀嚼音《そしゃくおん》が響く。

どうもこういう食事は苦手だ。

うちでは、朝食のときは、たいていテレビをつけたまま、母や兄とおしゃべりしながら食べているから賑やかだ。

「ねえ、おばあさん。僕のお祖父さんってどんな人？」

沈黙に耐えられなくなって、優太がまた口を開いた。

「優の父親か？」

ヨシの顔が急に険しくなった。

「何か悪いことしたの？」

「…………」

ヨシはすぐには答えない。

「ねえ？」

「優の父親は畜生《ちくしょう》以下の奴じゃった」

ヨシは吐き捨てるように言った。

「スミコがあんな畜生と一緒になったのがそもそもの不幸の始まりじゃった。スミコが死んだとき、わしが優を引き取っていれば、あんなことにはならなかったかもしれん。優が悪いんじゃない。何もかも優の父親が悪いんじゃ」

ヨシの険しい表情と語調の激しさに優太はたじろいだ。祖父という男はそんなに悪い人間だったのだろうか。

「あのさ、『罪人の血』って何？」

優太はおそるおそる聞いてみた。

「罪人の血？」

ヨシの顔がさらに険しくなった。

「ノートにね……」

優太は、手記の中に、「祖父から受け継ぐ罪人の血」という表現があったことを話した。

「おまえ、あれをどこまで読んだ？」

ヨシが聞いた。

「最初の方をちびっとだけ」

「だったら」

ヨシは怖い顔のまま言った。

「もう読むのはやめろ」

「え……。でも」

「おまえはあれを読まん方がいいのかもしれん。わしは優からあれを預かり、いつか、優太という子が来たら渡してくれと頼まれた。おまえがこうしてやって来た。優との約束は果たした。じゃがな、その後のことはおまえの好きにしていいんだぞ。無理に読む必要はない。なんなら、読まずに、ここに残していっていいんだぞ。婆ちゃが処分してやる」

「嫌だ。僕は最後まで読む」

優太は即座に言い返した。

「せっかくお父さんが書き残してくれたんだもん。たとえ何が書いてあっても最後まで読まなくちゃ」

それに、手記の中には、

「……そんな低い確率でありながらも、この手記がおまえの目に触れてしまう事になったら、これこそがまさに、神のご意思によるものだ。その時は、決してこの苛酷な現実から目をそらすな。神はおまえを試されているのだ」

と書かれていた。

僕はクリスチャンでもないし、聖書も読んでないし、「神」なんてものも、「初詣で」とか「困ったときの神だのみ」以外に思い出したことさえない。それでも、実父がここまで書いている以上、このノートを最後まで読むのは、逃れられない宿命のような気がする。これ以上読むのが怖いからといって、途中でやめてしまうのは臆病者《おくびょうもの》のすることだ。僕はそんな臆病者じゃない。

優太は心の中でそう叫んでいた。

「わしにはどうも悪い予感がしてならん。おまえがあれを読むと、ろくでもないことが起こるような気がして……」

ヨシは呟くように言った。

「それでもいい。僕は読む」

優太はきっぱりと言い切った。

「そうか。おまえがそこまで言うなら、婆ちゃは何も言わん」

険しかったヨシの表情が和らいだ。

「おまえは強い子だな」

感心したように言う。

強い？

僕が？

「いい子」と言われたときのように、優太は面食らった。そんなこと、今まで誰にも言われたことがなかったからだ。

強くて優しくていい子はいつも兄貴の方だった。

「あれは、優がおまえに遺したものだからな。どうしようと、おまえの勝手だ。ただな、これだけは言っておくぞ。あれを読んだら、書いてあることは何もかも忘れろ。帳面も取っておくな。焼き捨ててしまえ」

ヨシは諭すように言った。

優太が黙っていると、

「いいか、優太。これだけは覚えておけ。産んだ者が親じゃない。育ててくれた人こそ親と名乗る資格があるんじゃ。たとえ、おまえが優の血を引いていようと、おまえの父親は、おまえをこれまで育ててくれた日向という人だし、おまえの母親は、今のお母さんだ。それを決して忘れるな」

「はい……」

むろん、忘れるつもりはない。たとえ、実父の手記に何が書かれていようとも、僕は、「日向優太」のままだ。父親は日向明人、母親は日向沙羅だ。そして、兄は日向桐人。十三年間そうだったように、その事実は何も変わらない。これからもずっと……。

「おまえの親は立派だ。特に、おまえのお母さんは立派だ。まるで聖母マリア様のようなお方だ。そんな立派な親に育てられたおまえは幸せ者だぞ。大きくなったら、お母さんを大切にして、育ててもらった恩を返すんだぞ」

ヨシはそんなことを言った。

お母さんが立派?

優太は吹き出しそうになった。

お父さんは確かに立派だったけど、お母さんが立派というのはどうかな。そりゃ、兄貴がいたのに、他人の僕まで引き取って育ててくれたんだから、立派といえば立派かもしれないけど。

でも、いくらなんでも、聖母マリア様というのは、褒め過ぎじゃないか。煙草も吸うし、酒も飲むし、時々酔っ払ったり、ヒステリーだって起こすし、料理もあまり得意ではないし、方向音痴で車の運転も下手くそだし、創作モードに入ってしまうと、子供や家事なんか眼中になくなってしまうし。

ぜんぜん立派じゃない。

立派というより素敵だ。

僕は立派なお母さんより、素敵なお母さんの方が好きだ。

「それとな、優太」

ヨシは箸を置くと、優太の方を真っすぐ見て厳しい口調で言った。

「ここには二度と来るな」

「え……。どうして？」

優太は驚いたように聞いた。

「もう来ちゃいかん」

「僕、なんか迷惑なことした？」

冬休みにも遊びに来るって、さっき尊道とも約束してしまった。あれは口先だけじゃない。本気だった。また来るつもりだった。

交通の便も良くないし、何もないド田舎だけど楽しかった。ただ遊びに来ただけなら、もう少し滞在を延ばしていたかもしれない。

「そうじゃない。おまえはいい子だった。じゃが、おまえ、お母さんに嘘ついて来たんだろう？」

「…………」

「そんなことは二度としてはいかん。お母さんに心配かけてはいかん。じゃから、来るなど言ってるんじゃ」

「でも、おばあさん、一人で寂しくない？」

優太は聞いた。たまにでも、僕が遊びに来ることで、曾祖母さんの寂しさが癒されるのではないか。

「はは。何が寂しいもんか。わしは、亭主と娘を亡くしてから、ここで五十年以上も一人で暮らしてきたんじゃ。寂しいなんて感情はとっくに忘れたわい」

ヨシはそう言い放って、寂しく笑った。

二人の間になんともいえない沈黙があった。

「おまえに一目会えてよかった……」

先に口を開いたのはヨシの方だった。しみじみとした口調だった。

「これで思い残すことは何もない。おまえに会えたのは、わしの役目が終わった、そろそろお迎えが来るじゃろ。わしはちと長生きしすぎた。もうこのへんでいいじゃろうて。爺さんやスミコの元に早く逝きたいんじゃ」

「おばあさん……」

「東京に帰ったら、ここのことは忘れろ。婆ちゃのことも忘れろ。優に纏《まつ》わることは全部忘れろ。それがおまえのためだ。わかったな、優太？」

言いきかせるヨシの目には涙が浮かんでいた。

第四章　白い家の惨劇

1

岡山駅から東京行きの新幹線に乗り込み、ちょうど窓際だった指定席に座ると、優太はリュックからあのノートを取り出した。シートを少し倒すと、それに寄りかかって、ノートの続きを読み始めた。

「……まず、私の生い立ちから書いておく。

私、川嶋優は、一九六一年六月六日、川嶋譲次《じょうじ》と川嶋澄子《すみこ》の間に生まれた。私が生まれてまもなく、母澄子が病死したために、父は赤ん坊の私を愛光園《あいこうえん》という児童養護施設の玄関前に捨てた。そこは親に捨てられた子供や、何らかの事情があって親と暮らせない子供達が引き取られて育てられる場所だった。

私はそこで八歳まで育った。後に妻になる久野に会ったのもその施設でだった。久野も親に捨てられた子供だった。私よりも一歳年上だった。私達は姉弟のようにして育った。私が八歳になった時、父と名乗る男が突然訪ねてきた。川嶋譲次だった。父は園長と私の前で、土下座までして涙ながらに語った。

『妻を病気で失った後、当時定職に就いていなかった自分は、一人で赤ん坊を育てる自信がなかったために、思い余って、このホームの玄関先に捨ててしまったが、ずっと済まないと思っていた。今では職にも就き、子供を養っていく事もできるので、優を引き取りたい』と。

初老の女性園長は、父の言葉をもらい泣きしながら聞いていた。実際、その時の父は飲食店の店員という職を得ていたし、小さなアパートも借りていた。簡単な調査の結果、子供を引き取っても十分養っていける環境にある。そう判断した園長は、笑顔で私を父の元に送り出してくれた。

園長は優しかったし、久野や他の友達もいたから、ホームを出るのは少し辛かったが、実の父親と暮らせるという期待に私は胸を躍らせていた。

しかし、その期待はあっという間に粉砕された。

園長や私の前で見せた父のあの態度は、迫真の演技以外のなにものでもなかった。それを、たった一間の粗末なアパートで父と暮らすようになって、半月もしないうちに私は知るはめになった。

あれは私を引き取るための演技だった。我が子として愛するためではない。捨てた事を後悔したためでもなかった。父には私が必要だったのだ、生活の手段として。飲食店の方も、私を引き取ると間もなく、店長と喧嘩して辞めてしまった。それ以来、何の職にも就かず、朝から酒をくらって、うちでごろごろしている毎日が始まった。

食料や生活に必要なものは、全て、私に万引きさせた。私は父から盗みのあらゆるテクニックを教わった。それを悪い事だとは思わなかった。父が働かない以上、生きていくために必要だったからだ。父は、窃盗の事を『調達』と呼んでいた。

母の病死についても、父が全く働かないせいで、母が生計を支えるために、身重の身体で働き過ぎたのが原因だったと、後になって祖母から聞かされた。

川嶋譲次という男は、夫という自覚も父親という自覚も全くない人間だった。あれは人間ではない。獣《けだもの》以下だった。犬や猫だって、もう少し我が子に愛情を注いで育てるだろう。

父と暮らして二カ月もしないうちに、私はこれ以上父と暮らすのが耐え難くなり、ホームに逃げ帰った。

だが、すぐに父は私を連れ戻しにやって来た。園長の前では、完璧に善人を装い、殴られて腫《は》れ上がった私の顔の事を、『優が悪戯をしたので、躾《しつけ》のつもりで、ちょっと手をあげたら飛び出してしまった。これからは暴力は決して振るわない。口で諭します』と言い訳をした。

またもや、人の好い園長はその言葉を信じてしまった。父は、見た目だけは、いかにも気の弱そうな善人面《ぜんにんづら》をしていたからだ。祖母は、母も、父のこの善人面に騙されて結婚したのだと言っていた。

結局、私は父との生活に戻らざるを得なかった。父の元を逃げ出した本当の理由を園長には話さなかったからだ。もし、園長に話していたら、父の元には戻されなかっただろう。でも、どうしても話す事ができなかった。

毎日強要される『調達』行為は、仕事のようなものだと思っていたし、それなりにスリルが味わえて面白かったから、そんなに苦にはならなかったが、父は酒に酔うと、口では言い表せないような暴力や様々な虐待を私に加えた。その事は詳しくは書かない。思い出したくもないし、おまえも読みたくはないだろうから。

卑劣で狡猾《こうかつ》で不潔な獣。畜生としか呼びようがない。それが、私の父の正体だった」

2

「父との忌まわしい生活も、有り難い事に四年ほどで終わりを告げた。行きつけの飲み屋で、隣に座った客と酔った勢いで口論になり、かっとなった父は、ナイフで客の胸を一突きにして殺してしまったのだ。臆病者の父は、いつも護身用にと飛び出しナイフをズボンのポケットに忍ばせていた。他の客に取り押さえられた父は、その場で現行犯逮捕された。それっきり、あの豚小屋のようなアパートに帰っては来なかった。

私は快哉《かいさい》を叫んだ。殺人者の子になってしまったという悲しみよりも、あの獣から解放されたという喜びの方が強かった。私は十二歳になっていた。父が刑務所に入れられれば、またホームに戻されるか、母方の祖母の元に引き取られるのだろうと思っていた。

ところが、そうではなかった。あのホームは、経営困難で近々閉鎖される事になり、そのため、園長の口利きで、園長の知り合いでもあった或る牧師の元に私は引き取られる事になったのだ。

その牧師は、犯罪者の更生に力を貸したり、周囲から何かと白い目で見られがちな犯罪者の家族にも温かい援助の手を差し伸べるという活動を何十年と地道に続けてきた人だった。その人が、父が出所するまでの間、私を自分の家に引き取ると言ってくれたのだ。牧師の家は山梨県の美和沼《みわぬま》という小さな町の丘の上にあった。そこは葡萄《ぶどう》の産地として有名な場所だった。

牧師の名は根岸良史《ねぎしよしふみ》。高潔にして誠実。まさに聖職者になるために生まれてきたような人だった。父とは何もかもが正反対だった」

そこまで読んで、優太は、あっと小さく叫びそうになった。

根岸って。

思い出した。

お母さんの結婚前の名字だ。

てことは……。

ヨシばあさんが言っていた「牧師さん」というのは、お母さんのお父さんだったのか。

僕が日向家に引き取られたように、実父である川嶋優も、十二歳のときに、母の実家に引き取られたんだ。

実の祖父に関する描写は、これが本当だとしたら信じられないというか、胸の悪くなるような話だったが、それほど大きなショックは受けなかった。

ノートの冒頭の「……祖父から受け継いだ罪人の血」という禍々《まがまが》しい表現や、ヨシばあさんの口振りから、なんとなく悪い予想はついていたからだ。

最初のハードルはなんとか越えた。

問題は次のハードルだ……。

優太は続きを読もうと視線を落とした。

3

「父と暮らした四年間と、根岸家で暮らした一年間を比べれば、それは、どろどろに濁った汚水から引きずり上げられ、澄み切った清水に投げ込まれたようなものだった。

根岸家の印象を一言で言うならば、それは『白い家』だった。外見がまず白かった。

洒落た白いペンキ塗りの木造二階建てで、ライトグリーンの屋根と窓枠が白い壁に美しく映え、出窓には、パンジーや色とりどりの花が飾られていた。

その外見を見ただけで、温かで幸福そうな家庭の匂いがした。

家の中も白かった。純白のレースのカーテン。食卓の真っ白なテーブルクロス。ベッドのシーツも枕カバーも全て真っ白だった。何もかもが常に洗い立てのような清潔な石鹼の香りがした。

これまで私が住んでいた埃とゴミにまみれた豚小屋と比べれば、天国と地獄ほどの違いがあった。

玄関を入って、すぐに靴を脱ごうとした私に、根岸牧師は微笑んで、『靴を履いたままでいいんだよ』と言ってくれた。その家は、靴のまま上がれる西洋風の造りになっていた。私は今でも覚えている。塵《ちり》一つなくピカピカに磨きあげられた居間の床に足を一歩踏み入れた時、私は自分の履いていたズック靴が酷《ひど》く汚れているのに気が付いて、たまらなく恥ずかしく感じた事を。

吹き抜けの広い居間の壁には、玄関と向かい合うように、幼いキリストを抱いた聖母の絵が飾ってあった。やや俯いて、腕に抱いた赤子を優しく見守る気高く美しい顔は、写真でしか知らない実母の顔を思い出させた。

牧師は家族を紹介してくれた。妻と二人の娘がいた。私の事は『遠い親戚の子供』という風に話した。ここに来るまでに牧師から聞かされた話では、妻には私の素性は打ち明けてあるが、二人の娘達には、しばらく慣れるまでは『親戚の子』で通すという事だった。

妻の名前は静江《しずえ》といった。その名の通り穏やかで物静かな女性だった。オルガンで賛美歌を演奏するのが好きだった。娘達は十歳も歳の離れた姉妹だった。姉の名は真理亜《まりあ》。短大生だった。まさしく聖母マリアのように美しく心優しい娘だった。妹の名は沙羅。まだ小学生だった。人形のような大きな目をしたとても可愛い女の子だった。おとなしい姉とは違って、活発でおしゃべりだった。私より三歳年下だった。

根岸牧師が私を家族に紹介した時、妻と姉娘は、私を快く迎えてくれたが、妹娘はそうではなかった。母親の身体の陰に半分隠れて、警戒するような冷ややかな目で私を窺っていた。その目は明らかに私の侵入を歓迎していなかった。

私の方は一目見た時から、彼女を好きになったが、沙羅の方は、なかなか打ち解けてくれなかった。

それは無理もなかった。当時の私は、ろくな食べ物も与えられず、栄養失調ぎみで、がりがりに痩せていた上、ぼさぼさの頭に、汚い服を着て汚い靴を履いていた。その上、どこか他人を寄せ付けないような刺々《とげとげ》しい目をしていたのだから。

後になって、沙羅はそう言った。だから、最初は少し怖くて嫌だったと。

しかし、一カ月もたつと、牧師夫人の心のこもった手料理を毎日食べ、お風呂に入り、清潔な衣類を身に着けるようになったせいか、私は少し太り、だいぶ見られるような容姿になってきた。

沙羅の方も、だんだん私に打ち解けてくれるようになった。

打ち解けるきっかけの一つになったのは絵だった。私はホームにいた頃から絵を描くのが好きだった。園長や友達に上手いと褒められた事もある。沙羅も絵を描くのが好きだった。将来の夢は絵描きだと言っていた。この共通の趣味が、私たちの距離を一気に縮めたのだ。時には二人で、近所に写生をしに行ったりもした。

私と彼女の共通点は他にもあった。二人とも、食卓に掛けられた白いテーブルクロスが嫌いだった。嫌いというより、恐れたと言った方がいいかもしれない。彼女はまだ子供だったから、両親や姉のように静かに食事をする事ができなかった。絶えずおしゃべりをしながら食べるので、テーブルクロスによくものをこぼした。

私も時々こぼす事があった。私はものをこぼすと、つい慌てて、服の袖でそれを拭こうとした。その下品な振る舞いは、父と暮らしていた頃に身に付いてしまった悪癖だった。父もそうしていた。牧師夫人はその行為をやんわりとたしなめた。

『そんな事をしたら、あなたの袖も汚れて、染みをよけい広げてしまうでしょ』

牧師夫妻は私たちを叱りはしなかったが、真っ白なテーブルクロスの上に、食べ物や調味料の汁が落ちると、それがほんの一滴の染みだったとしても、何かとても悪い事をしたような気分になった。

沙羅は家では小さな女王様だった。サラというのは、旧約聖書に出てくる女性の名前で、『女王』の意味があるそうだ。父親は、彼女がどんな悪戯をしても、決して声を荒らげて叱る事はしなかった。むろん、手をあげた事など一度もなかった。常に、優しく穏やかに諭すように、『主の教え』を説いた。だから、彼女は少し我がままなところがあった。

学校でも人気者で友達も多かったが、時々、朝夕の食卓で、クラスメートや先生の悪口を面白おかしくしゃべる事があった。それは、私の耳には、悪口というより、活発すぎるおしゃべりにしか聞こえなかったが、彼女の父は、そのたびに、口調は優しいがやや厳しい目をして、『人の悪口を言ってはいけない』と娘のおしゃべりを遮った。父に諭されると、沙羅は不満そうな顔で黙ってしまった。

食卓で人の悪口を言うと、父に叱られるというので、いつからか、悪口の聞き役は私になった。私なら、彼女の気ままなおしゃべりを遮ったり意見したりはしないし、時には笑い声をたてて面白がったりするから、沙羅は思う存分、言いたい放題の事をしゃべる事ができたのだ。

私は彼女のおしゃべりを聞くのが好きだった。おしゃべりをする時の彼女の生き生きとした表情を見るのが好きだった。

彼女の悪口は、クラスメートや先生の話題を離れて、『神』にまで及ぶ事さえあった。生まれてすぐに洗礼を受けたクリスチャンであったにもかかわらず、両親や姉と違って、あまり敬虔な方ではなかった。

聖書を読むより、冒険物やファンタジーの児童文学を読む方が好きだった。時々、クリスチャンにあるまじき悪口を『神』に対して言う事があった。

『あんな杖をついたよぼよぼのおじいさんより、悪魔の方が刺激的で魅力的』などと、大きな目を輝かせて言う事があった。子供用の本などには、しばしば、神は老人の姿で描かれる事があったから、当時の彼女にとって、『神』のイメージとは、説教臭い退屈な老人に過ぎなかったのだろう。

彼女はこんな事も言った。

『主の教えの中に、〈汝の敵を愛せ〉というのがあるけど、あたしはあれが理解できない。あたしは敵なんか絶対に愛せない。愛せるのは、家族とか友達とか味方だけ。敵と見なした者は生涯憎み続けると思う。優君はどう思う？　敵でも愛せる？』

私はその質問には沈黙で応えた。どう答えていいか解らなかったからだ。未だに解らない。

中学に入ると、勉強も頑張るようになった。父と暮らしていた頃は、学校も休みがちだったし、父が口癖のように、『中学を出たら働け』と言っていたので、勉強なんか頑張ってもしかたがないと思っていた。でも、根岸家に来てからは、学校へもきちんと通うようになり、友達もできた。勉強も楽しくなってきた。いつしか、私は学年でも上位の成績を修めるようになっていた。勉強だけではなかった。スポーツも頑張った。本も沢山読んだ。聖書も読むようになっていた。

私は『いい子』になりたかった。この土地では、父の事を知る者は誰もいなかった。知っているのは根岸夫妻だけだった。『いい子』になって、牧師夫妻に喜んでもらいたかった。私を誇りに思って欲しかった。沙羅から尊敬され愛されたかった。私が沙羅を好きだったように、沙羅にもっと私を好きになって欲しかった……」

4

「やがて、十二月に入り冬休みが来た。根岸家に来てから一年近くがたとうとしていた。或る夜、私は牧師の書斎に呼ばれた。牧師の手には私の成績表があった。前の学期に比べると、成績は驚異的に上がっていた。牧師は、成績が上がった事を褒めてくれた後で、笑顔を絶やさないまま、こう言った。

『やはり私の見込んだ通りだった。優君。君はとても優秀な子だ。ここに来てから、見違えるほど成長した。成績だけではない。日々の行いの上でもだ。それでどうだろう。

妻とも相談したのだが、最初は、君のお父さんが出所してくるまで預かるつもりだったが、君さえよかったら、ずっとこの家で暮らさないか』と。

私は自分の耳を疑った。

私がその頃、一番恐れていたのは、いずれ父が刑期を終えて出てくる事だった。それが何年先か解らなかったが、そうなれば、当然、私はこの家から追い出されて、またあの獣と暮らさなければならない。それを何よりも恐れていた。

根岸牧師はそうならないようにすると約束してくれた。父が出所した後も、私がこのままこの家で暮らす事ができるように力を尽くしてくれると。

しかも、牧師はこうも言った。

『君さえ望むなら、この先、高校はもちろん大学にも進学させてあげよう。私にできる事ならどんな援助でも惜しまないつもりだ』

私は牧師の言葉を、ただただ黙って聞いていた。

牧師は続けた。

『いいかね。大切なのは環境なのだ。遺伝ではない。たとえ、聖人の子に生まれても、劣悪な環境に育てば、その子は悪人にもなる。逆に、悪人の子に生まれても、良い環境さえ与えられれば、その子は聖人にもなれる。君には素質がある。園長の紹介で初めて君を見た時から、私はそう見抜いていた。園長もそう言っていた。君には、もっと良い環境さえ与えてやれば、幾らでも伸びる可能性があると。私は、君にでき得る限り最高の環境を与えてやりたい。君の可能性をもっともっと大きく伸ばしてやりたい』

夢かと思って聞いている私に、牧師は話し続けた。

『実を言うと、私が君を引き取る事を相談した時、最初、妻は反対した。あのような環境で育った君が、娘達に悪影響を及ぼすのではないかと心配したのだ。だが、そうではなかった。君が来てから、沙羅が少しずつ変わってきた。今まで怠けていた学校の勉強もするようになったし、我がままも人の悪口も言わなくなった。前より正しい行いをする子になった。これは君のおかげだ。歳の近い君を良い意味でライバルとみなすようになったのだろう。あの子は負けん気が強いから、私が君を褒めると、自分も褒められようとして同じ事をするようになったのだよ。君は、娘達に悪影響どころか良い影響を与えてくれた。妻も大変喜んでいる』

私は、沙羅が私のせいで『前よりいい子』になったと聞かされて、自分が褒められたよりも嬉しかった。

『私は今まで、人に大切なのは環境だという信念に基づいて、犯罪者の更生や、犯罪者の家族を援助する活動を続けてきた。中には立派に更生した人もいるが、残念ながら、その数は決して多くはない。彼らの殆どが、すぐにまた同じような、時には以前よりも重罪を犯して刑務所に逆戻りというケースも少なくなかった。犯罪者の子が犯罪者になるというケースも時にはあった。

そんな事実を目の当たりにすると、時々、自分の信念がぐらつきそうになった。私のしてきた事はこれで正しかったのか。犯罪者の更生に力を尽くすなどと言いながら、結果的には、新たな被害者を生み出してきたに過ぎなかったのではないか。そんな疑念に悩まされる日々もあった。

だから、君には、私の信念の体現者になってもらいたいのだ。たとえ犯罪者、殺人者の子供であっても、良い環境さえ与えてやれば、立派な人間に成長できるという私の信念のだ。そのためには、これからは、学校の勉強だけでなく、常に正しい行いを心がけて、神の教えを守り、誰からも愛され尊敬されるような人間をめざして欲しい』

私の両肩をしっかりと両手でつかみ、根岸牧師は力強い声で、真摯《しんし》な目をして言った。大きく温かな手だった。

その時、牧師の部屋には、クラシック音楽が低い音量で流れていた。牧師はクラシックが好きでよく聴いていた。流れていたのは、胸を掻き毟《むし》られるほど物悲しいヴァイオリン曲だった。聴いているうちに切なくなって、涙がこぼれ落ちそうになった。

当時はその曲の名前は知らなかったが、後に、それがチャイコフスキーの名曲である事を知った。

今でも、あの曲を耳にすると、根岸牧師の慈愛に満ちた笑顔と温かい手を思い出す。

そして、牧師の笑顔を思い出すと、必ず、私の頭の中に、あの哀しいヴァイオリンの音色が際限なく聴こえてくる。

私は深く深く頷いた。

私は固く決心した。必ず、根岸牧師の望むような人間になろうと。牧師の期待を決して裏切るまいと。これからはもっともっと勉強しよう。もっと勉強して、人から尊敬される職業に就こう。そうすれば、そんな私に、牧師だけでなく、沙羅も、尊敬と愛情を抱いてくれるようになるかもしれない。いつか、沙羅と一緒にこんな清潔で温かい家庭を築きあげる事ができるかもしれない。

私はこの日から夢を見始めていた。希望と光に満ちた輝かしい未来の夢を」

ここまで読み終わったとき、優太はノートから顔をあげた。隣の席に座っていた二人組のおばさんの一人が声をかけてきたからだ。

「ボク、食べない？」

おばさんはそう言って、板チョコを差し出した。優太は礼を言って、それを受け取った。

「一人で旅行？」

おばさんは話しかけてきた。

「はい」

優太は早くノートの続きを読みたかったのでそれだけ答えた。これ以上、あれこれ話しかけられたら嫌だなと思いながら。どうせ、また小学生だと思われているのだろうし。おばさんはそれ以上は話しかけてこなかった。優太がノートを広げて熱心に勉強でもしていると思ったらしい。隣の友人らしき女性とおしゃべりを始めた。

優太は、貰った板チョコの銀紙を剝きながら、ノートに視線を戻した。

お母さんって、子供の頃は、そんなにいい子じゃなかったんだな。人の悪口を言うのが好きとか、食事中におしゃべりをして、よくものをこぼすとか、ここに書かれているお母さんって、なんか僕に似ている。

そう思いながら、自分があの母の実の子供ではなかったことをすぐに思い出して、なんだか悲しくなった。

さらに、こうも思った。

兄貴って、今までお父さんに似ていると思っていたけれど、これを読むと、この根岸という牧師に似ている。人の悪口が嫌いなところとか、他人のために損得を忘れて全力を尽くすような性格とか。兄貴にとっては祖父にあたる人だから、こういうのを隔世遺伝っていうのかな。

優太は、板チョコを齧り齧り、再びノートの続きを読み始めた。

5

「だが、私の思い描いた甘い夢は数日とは続かなかった。

それは、クリスマスイブの前日だった。沙羅は朝から機嫌が悪かった。今年のクリスマスプレゼントとして、最近売り出されたばかりの着せ替え人形が欲しいとお父さんにおねだりしたのに、人形は誕生日に買ってあげたから駄目だと言われたというのだ。それで、朝から拗《す》ねていた。沙羅は、どうしても、その人形が欲しいと駄々をこねた。学校の友達はみんな持っているのに。持っていないのはあたしだけだと。

彼女は不満そうに口をとがらせて私に言った。

『どうせ、お父さんのクリスマスプレゼントなんて、キュリー夫人だとかリンカーンだとかの偉い人の伝記に決まってる。そんなの学校の図書館で読めるからいらない。あたしが欲しいのはあのお人形なの。ああ、本物のサンタさんがあたしの願いを聞き届けてくれて、お人形を持って来てくれたらなぁ』

彼女は深いため息をついた。

それを聞いて、私は良い事を思い付いた。私がサンタになって、沙羅に人形をプレゼントしてあげるのだ。沙羅はさぞ喜ぶだろう。彼女の喜ぶ顔が見たいと思った。沙羅が心から嬉しそうに笑う顔は本当に可愛かった。私はそれが見たかった。

私は、それまでこつこつと貯めてきた小遣いを全部持って、その日のうちに、近くのデパートの玩具売り場に行った。そのお金で人形が買えると本気で思い込んでいた。でも、店に入り、人形の陳列された棚に目当ての人形を見つけた時、その値段の高さに驚いた。持っていたお小遣いでは到底足りない。これでは私には買えない。がっかりしながら、その場を立ち去ろうとした時、見本としてケースに入ってないまま無造作に棚に置かれていた同じ人形が目に入った。

あたりには誰もいなかった。売り場にいる店員も下を向いて何か作業をしていた。

今がチャンスだ。

私の中の悪魔が囁いた。

ためらわなかった。

父と暮らしていた時に、いつもしていた『調達』をするだけだ。

私は、棚の上の人形を素早くつかみ取ると、持っていたバッグの中に押し込んだ。何食わぬ顔をして売り場を素通りした。誰も気付かなかった。誰も追って来なかった。

まんまと人形を万引きする事に成功した。罪悪感もそれほどなかった。これで沙羅を喜ばす事ができるのなら。

そして、クリスマスイブの夜、ささやかなパーティが終わった後、私は、沙羅の部屋を訪れると、はにかみながら、『クリスマスプレゼント』だと言って、あの人形を彼女の前に差し出した。

沙羅は最初は驚いたような顔をしたが、すぐに嬉しそうに笑いかけた。私の大好きな笑顔が見られる。そう思った瞬間、彼女の顔から笑みが消えた」

そこまで読んできた優太の顔からも、それまでのやや弛緩《しかん》した表情が消えた。

人形を万引き？

さらに読み進むうちに、優太の顔がだんだん強ばってきた。

だから、あのとき……。

優太はノートに綴《つづ》られた文章を読みながら思った。

お母さんはあんな顔をしたのか。あんな哀しそうな顔を。僕が本屋で万引きして捕まったとき、母の目にはうっすらと涙さえ浮かんでいた。あのときは、たかが参考書を万引きしたくらいで、泣くほどのことかって思っていた。

そうじゃなかったんだ。

あの涙の意味が今になって分かった。

母は思い出していたんだ。子供の頃、川嶋優が人形を万引きしたことを。

もしかしたら……。

母はあのとき、同じことをしてしまった僕の中に川嶋優の血を感じていたのではないか。どんなに愛情を傾けて育てても、この子の中には、実父の「罪人《つみびと》の血」が流れているのだと。

　優太は身震いしながら読み続けた。

6

「……全世界が崩壊してしまったような衝撃を受けて混乱していた。

どうしたらいい。どうしたらいいんだろう。

そんな言葉ばかり頭の中で繰り返していた。

眠れないまま夜が明けようとしていた。窓の外が白々と明るみ始めた時、突如、それまで悩みもだえていた私の耳に、声が聴こえた。

神の声だった。

それは、しわがれた老人のような声ではなく、響きの良いバリトンの、思ったよりも若々しい声だった。

根岸牧師の声に似ていた。

その神の声が言った。

私にこうはっきりと告げたのだ。

『牧師とその妻と姉娘を、今すぐ、私の元に召しなさい。あの三人は、常に正しい行いをしてきた。神の家に招くに相応《ふさわ》しい人達だ。私の膝元で遊ばせるに相応しい白い人達だ。だが、妹娘はいらない。彼女は、しばしば私を蔑《ないがし》ろにし、友達の悪口を言い、真っ白な食卓を罪で汚《けが》した。姉ほど正しい行いをしてこなかった。悪い子供だからだ。神の家に相応しくない。牧師とその妻と姉娘だけを連れて来なさい。私はここで両手を広げて彼らを待っているから』と。

その声を聴くと、私は何かに操られるように、ふらふらとベッドから起き上がった。階下に降りると、ダイニングルームに行った。台所の流しの下から一番大きな包丁を取り出した。牧師夫人がいつも肉を切るのに使っていた西洋包丁だ。その包丁をしっかりと両手に握った。

私は包丁を持ったまま、階下にあった牧師夫妻の寝室に行った。夫妻は、仲良く二つのベッドを並べて眠っていた。私は、まず牧師のベッドの枕元に立った。レースのカーテン越しに窓から差し込み始めた朝日を受けた根岸牧師の寝顔は、西洋人のように高い鼻梁《びりょう》と彫りの深い顔立ちで、とても穏やかで美しかった。神々しいとすら言えた。

私は、熟睡している牧師の無防備な首に包丁の刃を当てると、少しためらった。

アブラハムが神の啓示によって我が子を神に捧げようとした、その瞬間に、神の声が止めたという旧約聖書の話を思い出したからだ。もういい。やめろ。

そんな声が響くのではないかと、耳を澄ませて待った。しかし、神の声は聴こえてこなかった。神は沈黙していた。

私は、牧師の首に当てた包丁の刃を、一気に、真横に深く引いた。

牧師はぴくりともしなかった。悲鳴もあげなかった。牧師のぱっくりと裂かれた喉元から噴き出た血飛沫《ちしぶき》が私の顔に赤い雨のように烈しく降りかかった。その血は、牧師が私の両肩に置いてくれた手のように生温かかった。

私は夫人のベッドに回ると、同じ事をした。今度はためらわなかった。神がもはやこの行為を止めない事を確信していたからだ。むしろ、神はこの行為を欲しているのだと。

牧師夫妻の寝室を出ると、足音を忍ばせて階段を昇り、二階の姉娘の部屋に行った。姉娘も、世にも美しい顔をして眠っていた。両手を胸で組み、絵本で見た眠り姫のようだった。私は、眠ったままの彼女も、少しも苦しませずに、両親の後を追わせた。

三匹の善良な子羊を神の元に送った後、私は、全身血まみれのまま、ダイニングルームに戻ってきた。そして、肉切り包丁を真っ白なテーブルクロスの上に置くと、椅子の一つに祈るような姿勢で腰掛けて、ひたすら朝が来るのを待った。

やがて、窓から朝日が差し込み始め、外では、鳥たちがしきりに囀《さえず》り出した。長い夜は明けた。朝がやって来たのだ。クリスマスの朝だ。真っ白な食卓にも朝日がさんさんと降り注ぎ、血だらけの包丁にも明るい日差しが当たっていた。

しばらくすると、階上でバタンとドアの開閉する音がした。と同時に、パタパタと階段を軽やかに降りてくる足音が聴こえてきた。

『お母さん。おなかすいたよ。朝ごはんまだー？』

元気な声がした。

沙羅の声だった。

いつもなら、とっくに牧師夫人が起き出して、朝食の支度をしている時間だった。夫人の作るスープの美味しそうな匂いや、トーストの焼ける香ばしい匂いが辺りにたちこめ始める時間だった。

その朝は何の匂いもしなかった。

血の臭いだけだった。

『お母さん。どこー？』

沙羅の声が近づいてきた。

ライトグリーンのドアを開けて、沙羅がパジャマのままでダイニングルームに入って来るまで、私は、同じ姿勢で椅子に座り続けていた」

7

「ボク、どうかしたの？」

さきほど板チョコをくれたおばさんが心配そうに声をかけた。

優太は両手で頭を抱えて突っ伏していた。

「頭、痛いの？」

おばさんは、優太の右肩に軽く触った。

「……だ、大丈夫です」

優太はようやく顔をあげた。

「どうしたの？　顔、真っ青よ。気分悪いの？　車掌さん、呼んでこようか」

おばさんは、なおも心配そうに優太の顔を覗き込んで聞いた。

「へ、平気です。ちょっと、めまいしただけだから」

優太は青ざめたまま言った。

「あんまり根詰めて、お勉強するからよ。これでも飲んで休みなさい」

おばさんは、缶入り烏龍茶《ウーロンちゃ》を差し出した。優太はそれを礼も言わずに受け取った。何も感じなかった。感情のない機械になってしまったようだった。

隣のおばさんは、まだ気がかりそうに優太の方を見ている。おばさんという人種は、おせっかいな人が多いようだ。それがたまらなく煩《うるさ》い場合もあれば有り難いときもある。

プルトップを引き抜いて、烏龍茶を少し飲んだ。

こんなのって……。

ここに書かれていることは実際にあったことなのか。

川嶋優が、自分の実父が、昔、母の家族を皆殺しにしたなんて。

それもクリスマスイブの夜に。

信じられない。

信じたくなかった。

でも、母の家族が、母が十歳のときに、事故で亡くなったというのは本当だった。その話を母がなかなかしたがらなかったことも。事故って、まさか……。

僕がユータンの腹をカッターナイフで切り裂いたと知ったとき、母が見せたあの顔。あれもそういうことだったのか。

僕が切り裂いたのはぬいぐるみだったけれど、昔、実父が切り裂いたのは……。

もし、目の前にナイフがあったら、自分の心臓をえぐり出してしまいたいと思ったくらいに鳴り響いている。

もう読みたくない。

これ以上、何も知りたくない。

どんなホラー小説を読むより怖い。

ホラーなんて、どんなに怖く書いてあっても、所詮は作り話だ。たとえ、それが実話だったとして、僕には関係ない他人の身の上に起こったことにすぎない。

これはそうじゃない。

しかも、ノートはここで終わってはいなかった。続きがまだあるようだ。それを読まなくては。何が書かれていようと、最後まで読まなくては。

そう思っても、指が震えて、ページをめくる気にはなれなかった。

後はうちに帰って読もう。

あきらめて、開いたページの右端上を少し折ると、ノートを閉じて小テーブルに置き、烏龍茶を喉を鳴らして一気に飲み干した。そして、シートに目をつぶってもたれかかった。そうしていると、胸の動悸《どうき》もやや鎮まり、冷静さが戻ってきた。

だめだ。

今読まなくちゃ。最後まで読まなくちゃ。ヨシばあさんにそう宣言したじゃないか。怖いからといって、途中でやめるのは臆病者のすることだ。そんな臆病者じゃないって。そうしたら、おばあさんは、僕を「強い子」だと褒めてくれた。そうさ。僕は臆病者じゃない。いつもポケットに飛び出しナイフを忍ばせていた川嶋譲次とかいう奴みたいな臆病者じゃない。

だから、やめないで最後まで読むんだ。

優太はしばらく休んだ後、そう決心すると、がばっと身体を起こし、小テーブルの上のノートを手に取った。

さきほど右端上を折り曲げた所を開くと、再び続きを読み始めた。

8

新幹線内のアナウンスが終点の東京にまもなく着くことを知らせていた。窓から見える景色も高層のビル群が多くなってきた。

座席に残っていた人々は、そそくさと手荷物をまとめ始め、早くも出入り口に向かう乗客もいた。

優太は、膝の上に読み終わったノートを広げたまま、放心したように座っていた。

何も考えられない。何も感じない。

父の子供ではないかもしれないと思ったときも、母の子ですらないかもしれないと疑ったときも、ショックは受けたものの、まだ踏ん張ることができた。

曾祖母の口から、それまでは疑惑にすぎなかったことが真実であると告げられたときでさえ、それが事実なら事実として受け止めようと思っていた。

実父の手記を読み始めて、祖父が卑劣な殺人者であったと知ったときも、まだ受けとめきれた。

でも……。

こんなのって耐えられない。受けとめきれない。

母の家族を殺した男の子供だったなんて。それを知りながら、母は、赤ん坊だった僕を引き取って、今まで我が子として育ててくれた……？

そんなの信じられない。

どうしてそんなことができたんだ？

クリスチャンだったから？

十三歳。

今、僕はちょうど、川嶋優が母の家族を殺したときの年齢と同じだ。

母は今の僕を見て、川嶋優を思い出すことはないのだろうか。思い出して、憎しみを感じることはないのだろうか。

やがて、新幹線は速度をゆるめながら東京駅に到着した。

「東京ー東京ー」というやや鼻にかかった駅員の声がホームに響き渡った。乗客の殆どが既に席を立って、出入り口に殺到している。

それでも、優太は動こうとしなかった。

「ボク、着いたよ。降りないの？」

慌ただしく降りる支度をしていた隣のおばさんが声をかけてきた。

優太は何も答えなかった。

「ボク……？」

おばさんはまた声をかけようとしたが、友人らしき隣の女性が、「もうかかわるな」

というように、眉をひそめて肘《ひじ》をついた。おばさんは友人の合図を了解したように、両手一杯に手荷物を持って席を立った。手荷物は、すべてお土産のようだった。重そうにそれをさげて通路を歩きながら、まだ気になるというように振り返った。

優太は座り続けていた。

誰もいなくなってしまった車内に一人ポツンと残ったまま、窓の外を見るともなく見ていた。

ホームには、新幹線から降りたばかりの人々の群れがあった。帰省客らしい姿が多い。誰もが持ち切れないほどのお土産をさげていた。真っ黒に日に焼け、遊び疲れたような顔をしている。

みんな、夏休みを楽しんだんだろうな。

優太はぼんやりと思った。

僕もそうだった。

行く前は、多少の不安を抱えながらも、どこかまだ夏休み気分だった。一人で田舎の親戚に遊びに行く。そんな気分だった。実際、採れたての美味しいトマトを貰って食べたり、土屋家の広い庭で花火をしたりスイカを食べたりして、田舎の夏休みを十分楽しんだ。でも、夏休みは終わった。

始まったばかりなのに、夏休みは終わってしまった。

そして、もう……。

僕には夏休みなんて来ない。

永遠に来ない。

優太は心の中で呟いた。

通路の向こうに車掌らしき姿が見えた。こちらに向かって歩いてくる。一人だけ車内に残っている子供を不審に思ってやって来たのだろう。

降りろと言われたら、僕はどこへ行けばいいんだろう。

優太は途方に暮れた。

どこへ帰ったらいい？

僕の家はなくなった。

僕はあの家には帰れない。

お母さんの顔をまともに見ることはできない。

優太の両頰を涙が伝った。

できれば、車内にこうしてずっと座り続けていたかった。家と親を失った少年ホームレスのように。

近づいてきた車掌が何か言おうと口を開きかけた。そのときだった。

突然、優太の頭に、声が響いた。

「何があっても、真っすぐうちに帰ってくるんだぞ」

桐人の声だった。土屋家の電話を借りて、兄と話したとき、兄が切る間際に言った言葉だった。

「おまえのうちはここだからな。ここしかないんだからな。僕もお母さんも待ってるからな」

兄はそう言った。

心配そうな、でも、力強い声だった。

その言葉が優太の頭に蘇った。

そうだ。

僕の帰る場所はあそこしかない。

兄貴とお母さんが待っているあの家しかないんだ。

優太は、ノートを素早くリュックにしまうと、それを背負った。車掌の脇をすり抜け、走るようにして、出入り口に向かった。

第五章　悪魔の子

1

「……優太は？」

どことなく浮かない顔でダイニングルームに入ってきた桐人に、夕食の準備をしていた沙羅は聞いた。

「食べたくないって」

桐人は食卓の椅子を引きながら答えた。

「食べたくない？」

沙羅は驚いたように問い返した。

「あの子がそう言ったの？」

「うん。食欲ないからって」

「あの子が食欲ないなんて、天変地異の前触れかしら」

沙羅は呟いた後、

「今夜は優太の大好物のフライドチキンとオムライスよ。それ言った？　それでも食べたくないって？」

「言ったよ。よけい食べたくないってさ」

「優太、ちょっとおかしくない？」

沙羅は心配そうに眉を寄せた。

「そう？」

桐人は夕刊を取り上げながら言った。

「中山君の所から帰ってから、なんかおかしいよ。部屋に閉じ籠もったきりで。向こうで何かあったのかしら」

「たぶん……」

桐人は、やや間をおいてから、

「あいつのことだからさ、中山君と喧嘩でもしてきたんじゃないの。それで、拗ねてるんだよ、きっと」

「そうかなぁ……」

沙羅は疑わしそうに言う。

「そうだよ。腹へれば、降りてくるよ」

「でも、帰ってきたときのあの子の顔色、普通じゃなかったよ。それに、あのおしゃべりな子が、向こうであったこと、何も話さないなんて。何かあったのよ。中山君のお宅に電話して聞いてみようかしら……」

「そんな必要ないって」

桐人は幾分慌てたように遮ると、

「子供同士の喧嘩なら親は口出ししない方がいいよ」

まるで自分は子供ではないような言い方をした。沙羅は時々、この長男と話していると、亡くなった夫と話しているような錯覚を起こしそうになった。それほど言動が似ている。

「そんなに気になるなら、後で僕が聞いてみるからさ。早く食べようよ。こっちは腹ぺこなんだから」

桐人は食卓をスプーンで叩きながら催促した。

「あ、はいはい」

沙羅は気がかりそうな顔のまま、エプロンをはずすと食卓についた。長男と二人きりの夕食が始まったが、次男が降りてくる気配は一向になかった。大好物のフライドチキンの香ばしい香りが二階の部屋にも届いているはずなのに……。

一体どうしたというのだろう。

沙羅は時折スプーンを持つ手をとめて、二階を窺うように視線を天井に向けた。上からは何の物音も聞こえてこなかった。

桐人は、目の前のオムライスとフライドチキンと野菜サラダを早食い競争でもしているような猛烈な勢いで食べ終わると、「ごちそうさま」と言って、食卓から立ち上がった。

そして、対面式カウンターの隅に置かれた果物籠から、食後のデザートのつもりか、バナナを房ごと抱えると、二階に上がって行った。

2

「優太、ほら」

ノックもせずに弟の部屋に入ると、桐人は抱えていたバナナの房から一本もぎとり、それをチンパンジーに餌を与える飼育係のように、ベッドに寝転んでいた弟に投げてよこした。

ユータンを抱き締めて寝ていた優太は、突然兄が入ってきたので、いつかのように慌てふためいて、抱いていたぬいぐるみを放り出すと、仏頂面で起き上がった。

「何だよ、いきなり」

文句を言いながらも、投げられたバナナを拾いあげ、さっそく皮を剝いて食べはじめた。

「腹へってるんだろ。夕食くらい食べろって。お母さんが向こうで何かあったんじゃないかって心配してたぞ」

桐人は弟と並んでベッドに腰かけると、

「……で、どうだったんだ。何が分かったんだ？」

と低い声で尋ねた。

優太は答えなかった。兄の膝の上にあるバナナの房から二本目をもぎ取っただけだった。

「優太」

桐人は苛ついたように言った。

「話せよ」

「…………」

「約束しただろ。僕には全部報告するって。福田ヨシって誰だったんだ？」

「……僕の大おばあさん」

「大おばあさん？」

「父親のおばあさん」

「曾祖母ってことか？」

「うん」

「てことは、おまえの父親は」

桐人が聞きかけたとき、

「兄貴の言った通りだったよ」

優太は呟くように言った。

「僕はさ、やっぱ、お父さんとお母さんの子供じゃなかったんだ……」

優太はそう言うと、福田ヨシの家を訪ねて、ヨシから聞いた話やあの村で経験したすべてを兄に打ち明けた。

桐人は複雑な表情のまま黙って聞いていたが、話を聞き終わると、どうも解《げ》せないという顔をして、

「その川嶋久野という女性とお母さんは知り合いだったのか？」

「ううん。お母さんと知り合いだったのは、お父……川嶋優の方だったんだよ」

桐人はしばらく黙っていたが、ふと思い出したように、

「で、何だったんだ？　おまえの父親がヨシばあさんに預けていったものって？」

「ノート」

「ノート？」

「川嶋が僕に宛てた手記というか、遺書だったんだ」

「遺書？」

桐人は驚いたように弟を見た。

「川嶋はね、僕が生まれる前に自殺したんだ。首、吊って」

「……なんで、自殺なんか」

桐人は驚いたような顔のまま尋ねた。

「その理由もノートに書いてあったけど、僕の口からは言いたくない」

「ノートって、おまえ、全部読んだのか」

優太は俯いたまま頷いた。

「今、持ってるのか」

「ここにある」

優太はベッドから立ち上がると、部屋の片隅に放り出してあったリュックの中を開け、例のノートを取り出した。

「これだよ」

それを兄に差し出した。

「僕が読んでもいいのか？」

桐人はノートを手にしたまま、やや不安そうに聞いた。

「兄貴ならいい。それを読めば分かるよ。なんで川嶋優が自殺したのか。それと、昔、お母さんの家族が」

と優太は言いかけたが、それ以上は言わなかった。

「お母さんの家族がどうしたんだ？」

桐人は、黙ってしまった弟の顔つきから何かを察したように聞き返した。

「読めば分かるって」

優太は今にも消え入りそうな声で答えた。

桐人は探るような視線で弟を見ていたが、その場でノートを開こうとすると、

「自分の部屋で読んで」

優太が哀願するように言った。

「じゃ、ちょっと借りるぞ」

桐人はノートを手にしたままベッドから立ち上がった。

「兄貴」

優太は兄の方を見ないで言った。

「それ読んだら、戻ってきてくれる？」

「戻ってくるよ」

「絶対戻ってきてくれる？」

「何、心配してんだ？」

「前にさ、たとえ、僕が悪魔の子と分かっても僕の味方をする、全世界を敵に回しても僕を守るって言ったよね」

「言った」

「その考え、今も変わらない？」

「変わらない」

「本当に？」

「本当だ」

「でもさ」

優太は口の端を歪めて言った。

「それ読んだら、変わるかもしれないよ」

「変わらないさ。何を読もうと」

桐人はきっぱりと言い返した。

「そうかな……」

「そうだよ。小学生の頃、二人でキャッチボールしただろ」

「うん……？」

「おまえ、下手くそでさ、とんでもない方向に球投げやがるの」

「…………」

「それでも、僕はいつも受け止めてやった。どんな悪球だろうが、おまえが投げた球は必ず受け止めてやるよ」

3

桐人は自室に戻ってくると、明かりをつけて、弟の部屋でそうしていたように、ベッドに腰かけた。

そこは父の書斎だった。今では遺品を整理して、ベッドを運び込み、自室として使っていた。専門書を含めた蔵書や、映画好きだった父のビデオコレクションなどがそのまま置いてある。

ベッドに腰かけたまま、手にしたノートをすぐには読み始めず、心の準備をするように、呼吸を整えた。

ここに優太の出生の秘密が書かれているのか……。

そう思うと、たやすく開く気にはなれなかった。しかも、これは、ただの手記ではなく遺書だという。かなり重い内容が予測された。

どんな悪球でも必ず受け止めてやる。

弟にはあんなことを言ったが、自分はここに書かれた内容を受け止め切れるだろうか。

そんな不安が頭をよぎった。

それでも、ようやく決心がついたように、ノートを開くと、最初から読み始めた。

読み進むうちに、桐人の顔つきが次第に険しくなっていった。予想していた以上の内容に衝撃を受けて、何度か読むのを中断しかけたが、なんとか読み続けた。そのうち、右端上に折り目のついたページが出てきた。

そこからはこう綴ってあった。

「……私は、あのクリスマスの朝、ライトグリーンのドアを開けて、白い食卓の椅子に座っている私を発見した時の沙羅の姿を今でも覚えている。生涯、忘れる事はないだろう。彼女は、白地に黄色い蝶々が一杯描かれた可愛らしいパジャマを着ていた。前髪には姉から借りたらしい赤いカーラーを巻いていた。カーラーの一つが今にもずり落ちそうになっていた。

全身血まみれの私を見ても、彼女はなぜか悲鳴をあげなかった。生まれて初めて会う不可思議な生き物でも見るように、瞬きもせずに私を見つめていた。

それから後の事はよく覚えていない。あの時の沙羅の姿はまるで網膜に焼き付いたように覚えているのに、後の事は、脳のどこかに霧がかかったように霞《かす》んでしまっている。ただ、次から次へと色々な職業の大人達に囲まれて、同じ事ばかり聞かれた。警官、弁護士、精神科医、保護観察官……。

なぜ、あんな事をしたのか、と。

根岸一家は近所でもすこぶる評判の良い家族だった。誰一人として、彼らを褒め讃えこそすれ、悪く言う者などいなかった。私自身の評判も良かった。礼儀正しい優等生だったと。

誰もが不思議がった。知りたがった。私のような『いい子』が、なぜ、あのような善意に満ちた一家を惨殺したのか。

何か恨みでもあったのか。密《ひそ》かに虐待でもされていたのか。それとも、金目的か。私の過去を調べ、実父の事や、私に窃盗癖があった事などを調べあげたマスコミ関係者の中には、強盗が目的だったのではないかと、まことしやかに言う者もいたようだ。

貧弱な想像力しか持たない人々の憶測とは大体そんなところだった。

私の返事はいつも同じだった。クリスマスイブの夜、突然、神の声を聴いたからだと。心正しい三人の白い人達を自分の元に召せという神の威厳に満ちた声を。末娘を残したのは、彼女はあまりいい子ではなかったから、神が彼女だけは欲さなかったからだと。

誰も私の話を信じなかった。私が嘘をついているか、頭がおかしいと思ったようだ。盗んだ人形の話はしなかった。あの話をしたのは、その後に入院した病院で会った精神科医だけだ。彼は、根岸牧師のような優しい目をしていた。だから、あの話をする気になった。

すると、精神科医は言った。

『きみは人形を盗んでしまった罪悪感から逃れようとして、そんな幻聴を聴いてしまったのだろうね』と。

幻聴？

神の声が幻聴？

今となっては、そうだったのかもしれないとも思う。確かに、あの夜、私は酷く錯乱していたのだから。欲しがっていた人形を渡せば、きっと喜んでくれると信じていたのに……。

病院を出ると、私は、唯一の肉親となってしまった母方の祖母の家に引き取られた。幸い、私が引き起こした事件の事は、祖母が住んでいた山奥の村ではあまり知られていなかった。事件そのものは知られていたが、私が十三歳の少年だったので、報道の際に名前や顔が伏せられていたため、素朴な村の人達は、まさかあのおぞましい殺人事件を引き起こした犯人が、この土地に五十年以上も住み着いている『ヨシばあさん』の孫だとは夢にも思わなかったのだろう。今まで東京で暮らしていた孫が両親を亡くして引き取られてきた。村の人々はそう思ったようだった。

祖母は、あんな事件を起こしたにもかかわらず、私を孫として受け入れてくれた。悪いのはおまえじゃない。おまえの父親だと口癖のように言っていた。おまえの母親の澄子は、器量も気立ても良い娘だったが、世間知らずの田舎者だった。だから、東京に出て、川嶋のような人間の屑《くず》と一緒になってしまったのだと。

　ああ、それと、書き忘れていたが、この川嶋だが、奴は、私があの事件を起こした一年後に、刑務所で首吊り自殺を遂げたそうだ。その話を後になって知った。自殺した理由は未だに謎のままだ。遺書もなかったそうだ。おそらく発作的なものだったのだろう。怠惰で臆病な人間だったから、どうせ刑務所での厳しい服役生活に耐えられなくなっただけなのだろう。

　父の自殺を聞かされても、私は何の感情も持たなかった。安堵しただけだった。二度とあの獣の顔を見なくても済むと思って。祖母の元でしばらく暮らした私は、その後は、東京に出て、職を転々としながら一人で暮らすようになった。

　そんな折、工場勤めをしてた私は、昼食をとりに立ち寄った小さな食堂で、ウエイトレスをしていた上岡《かみおか》久野と再会した。彼女は、中学を卒業するとホームを出て、働きながら一人で暮らしていた。

　久野は、私が犯した罪の事を知っていた。あの少年Aとは私であると、ホーム関係者から聞いたと言っていた。それなのに、久野は私を受け入れてくれた。祖母と同じ寛大な心で。

　私達は、二カ月後には小さなアパートで同棲するようになっていた。ただ、私は久野と結婚するつもりはなかった。久野だけではない。誰とも結婚する気はなかった。妻を持ち、子供を作る事は許されない。そう思っていた。

子供だったというだけで法律が与えられなかった罰を、私は、自らに与えようと思っていた。それは、生涯、家族を持たない。妻も子も持たない。たった一人で生きて、たった一人で孤独に死んでいく。昔、善良な一家を殺した私には、自分の家庭を築く資格はない。そう信じていた。

それに、子供を作っても、どのように育てていいか解らない。私には手本とする手頃な父親像がなかったからだ。私の中には、それまで二人の父親像があった。一人は、実父の川嶋譲次だ。もう一人は、養父となってくれた根岸牧師だった。二人は、黒と白のごとく、全く正反対のタイプだった。世の多くの父親というものは、この二人の中間、いわば灰色に属する人々が殆どなのだろう。高潔過ぎず下劣過ぎず。私は、そのような平凡な父親というものを知らなかった。

実父のような下劣きわまりない父親には絶対になりたくない。といって、根岸牧師のような高潔きわまりない父親にはなれそうにもない。

しかも、私の中に確実に流れている忌まわしい獣の血が、どんなに意識の上では拒んだとしても、いずれは私をあの獣と同じような父親にしてしまうかもしれない。そんな恐れもあった。

だから、久野から妊娠したと告げられた時、私は、まだ若いからとか、職が安定していないからとか、思い付く限りの言い訳を並べたてて、中絶を懇願した。

久野は悲しそうな顔をしながらも、その時は承諾してくれた。親に捨てられた久野は、家族というものに小さい頃から多大な憧れを抱いていた。早く結婚して、子供を三人くらいは欲しいというのが彼女のささやかな夢だった。それを知りながら、私にはその夢を叶えてやる事ができなかった。

しかし、それから数年たって、久野はまた妊娠した。私はまたもや中絶するように頼んだが、今度は頑として首を縦に振らなかった。どうしても産みたいと言う。ふだんはおとなしい女だったが、この時ばかりは頑強だった。たとえ私と別れてでも、この子は産んで一人で育てるとまで言い張った。

それを聞いて私は迷った。実を言うと、この数年の間に、それまで私の中で根を張っていた『生涯、家族を持たない。妻も子も持たない』という強い決意が、年を追うごとに薄れてきていたからだ。実父のような父親にはなりたくない。川嶋の血は私の代で断とう。

そんな決意が次第に薄れ、自分の血を引く子供を残したいという牡の本能ともいうべき思いの方が日に日に強くなっていた。

それに、久野を失いたくなかった。まだ籍は入っていなかったが、私は彼女を妻だと思っていた。同じホームで育ち、私のあの赦されざる大罪を許し、受け入れてくれた久野以外に、誰が、どんな女性が、私のような男をこの先受け入れてくれるというのだろう。久野は、私にとって唯一無二の存在だった。

おなかの子供が三カ月に入ろうとしていた時、ついに私は決心した。久野と正式に結婚して、二人で子供を育てようと。あれほど拒んでいた『家族』を作ろうと。

私はそれを報告するために、久野を連れて、祖母に会いに行った。祖母は涙を流して喜んでくれた。おまえもこれで人並みの生活ができるようになったと。

久野のおなかが日々大きくなっていくのを見ながら、私は、父親になる喜びというものを微かにだが感じるようになっていた。

初めて幸福感を味わっていた……」

4

「だが、このささやかな幸福感も、ある日曜の朝、何げなく広げた新聞の前で脆《もろ》くも崩れ去った。

朝刊の文化欄に、或る新進女流画家に関する記事が載っていたのだ。女流画家の名前は『日向沙羅』と言った。

沙羅？

新聞を広げていた私の心臓が一瞬止まりそうになった。

名字は違うが、あの沙羅ではないか。

そう思った。

沙羅という名前は珍しい方だし、『日向』というのは画家としての雅号かもしれない。記事には写真も掲載されていた。目の大きな美しい女性だった。

沙羅だ。

私は一目で解った。子供の頃の面影が残っていた。事件の後、一人生き残った彼女が母方の親戚に引き取られたという話はおぼろげに聞いていた。その後、どうなったのかは知らなかった。

私はその記事を食い入るように読んだ。

そして、沙羅が美大在学中に、中学時代の同級生と結婚した事を知った。『日向』というのは、雅号ではなく、結婚した相手の姓だった。

私は記事を鋏で切り抜き、興奮のあまり、久野に見せてしまった。すぐに後悔した。久野に見せるべきではなかった。それを見た久野は、途方もない事を言い出した。二人で、日向沙羅に会いに行こうと言うのだ。私が少年の頃に犯した罪を心から詫《わ》びて、彼女に赦しを請おう。昔、彼女の家族を奪った男が、今、自分の家族を持とうとしている事を赦して貰おう。彼女の赦しさえ得られれば、おなかの子を心やすらかに産む事ができるからと。

私は妻の提案を拒否した。そんな事ができるはずがない。私が犯した罪は、土下座して詫びたところで赦されるような生易しいものではなかった。

成人だったならば、確実に極刑に処せられていただろう。それほどの大罪だった。それに、沙羅は、子供の頃から気性の激しい性格だった。クリスチャンでありながら、『汝の敵を愛せ』という主の教えが理解できないと言っていた。あたしは敵なんか絶対に愛せない。敵と見なした者は生涯憎み続けると。愛する両親と姉を殺した私を沙羅が赦すはずがない。私は彼女にとって生涯憎み続ける敵になってしまった。赦すどころか、顔さえ見たくないはずだった。だから、彼女に会って赦しを請うのは無駄な事だ。私はそう説得した。

久野は渋々ながら私の説得を受け入れ、沙羅に会いに行く事を思いとどまってくれた。その日から私の深い懊悩《おうのう》は始まった。父親になれるというささやかな幸福感は、もはや私の中にはなかった。浜辺に書いた文字が儚《はかな》く波に打ち消されるように、跡形もなく消えていた。

あるのは、やはり私は人の親になってはいけない人間なのだ。人並みの生活など望んではいけない罪人なのだ。そんな罪悪感だけだった。妻さえ得てはいけなかった。この世の片隅でたった一人で生き、風が空しく吹き抜けるように何も遺さずに死んでいく。それこそが、あの高潔で善良な一家を殺害した私に相応しい生き方だった。

家族を得て幸福な生活など望んではいけない。そんな事は私には赦されていない。罪人の血を引く子供は残すべきではない。この世に黒い産声をあげさせてはいけない。久野に子供を産ませるべきではない。そう強く思うようになった。

しかし、その時には、既に、久野の腹の子は五カ月を過ぎ、しっかりと胎児の形をなしていた。今、中絶などすれば、母体さえも危ないと医者に言われた。

もはや、子供はこのままこの世に生み出すしかないのか。

そんな懊悩が続いた夜、いや、夜が明けようとした未明の頃だった。私は、突如、またあの声を聴いた。

十三歳の時に聴いた声。

神の声だった。

響きの良いバリトンの若々しい声で、やはり、根岸牧師の声に似ていた。

神の声は少しも衰えてはいなかった。

神は言った。

『今やおまえの罪は消えた。父親と共に犯した数々の汚《けが》らわしい罪は消えた。おまえも白い人になれた。今こそ私の膝元に来るがよい。牧師もその妻も姉娘も、私の白い家で白い庭で、あの時の姿のまま、おまえが来るのを待ち望んでいる』

私の罪が消えた？

なぜ？

私は神に問い返した。

神は答えた。

『おまえの罪は今や、おまえの子に受け継がれたからだ。これからはおまえの子がおまえの罪を背負って生きていくのだから』と。

いつかの精神科医なら、しかつめらしい顔で、これも私の懊悩が生み出した幻聴にすぎないとでも言うだろう。

あれは幻聴ではない。

神の声だった。

神は存在する。

確かに存在するのだ。

この手記がおまえの手に渡ったとしたら、始めにも書いたように、それこそが、まぎれもなく神の御心によるものなのだから。

私は神の啓示を完璧に理解した。

それは、私の命と引き換えに、私の子をこの世に送り出せと命じているのだという事を。

私は神の声に従うつもりだ。

神のなさる事に間違いはない。

死に場所も既に決めてある。

根岸牧師の家だ。幸福と希望の匂いのした『白い家』。もう一度あそこに行きたい。今は、誰も住まない廃墟になっているそうだが、あの家に行き、あの家の朽ち果てた居間で私の汚れ切った人生に幕をおろすつもりだ。キリストを裏切ったユダと同じ方法で。

この手記を書き終わったら、久野に宛てて、もう一通の遺書を書くつもりだ。その遺書を持って、日向沙羅を訪ねて赦しを請えと伝えるために。沙羅も、私の命と引き換えならば、私の血を引く子供がこの世に産声をあげる事を赦してくれるかもしれない。そうすれば、久野も心安らかに子供が産めるだろう。

優太。

私は、ここまで書いてきて、何を一番おまえに伝えたかったのか、それがようやく解ってきた。

今、おまえはどんな人間に成長したのだろう。根岸牧師の家で、私が必死にめざしたような、誰からも尊敬され愛されるような人間に成長しただろうか。

もしそうだとしても、これだけは忘れてはならない。

おまえは、父と祖父の汚れた罪を受け継ぎ背負った人間なのだ。可哀想だが、それが真実だ。どんなに正しい行いをし、人々に愛され称賛されるような立派な人間になったとしても、決して思い上がるな。驕《おご》り高ぶるな。常に、自分の出自を忘れず、どんな人々の前でも、たとえ、おまえより醜く劣った人々の前でさえも、実った稲穂のように、深く頭《こうべ》を垂れて謙虚に生きるのだ。

富も名声も求めてはならない。おまえにはそんな資格はないのだから。己を捨てて、常に他人のために尽くせ。なるべく人目につかない荒れ地で一人で生きろ。

誰の目にも触れず風に散っていく野の花のように。

たとえこの世が地獄と化しても、自ら命を断ってはならない。おまえにはそんな安らぎすら与えられてはいない。茨《いばら》の煉獄《れんごく》の道を、足から額から血を流し続けながら、ひたすら歩き続けろ。生き続けろ。いつか神の赦しの声を聴くまでは。

私が愚かにもできなかった事を、どうかおまえが成し遂げてくれ。

今、これを書いている私の耳には、あのチャイコフスキーのヴァイオリン曲が低く静かに聴こえている。根岸牧師の書斎で聴いたあの曲だ。牧師の好きだったあの曲だ。

私の傍らで眠る久野の顔は美しい。神々しさすら感じる。あの時の根岸牧師のように。

窓の外がようやく白み出した。

今、まさに夜が明けようとしている……。

まだ見ぬわが子、優太へ。

川嶋優」

ひどい。

これはひどすぎる。

悪い想像はしていたけれど、ここまでひどいとは予想していなかった。

桐人はノートを読み終わると、手にするのも汚らわしいというように床に投げ捨て、ベッドに仰向けに寝転んだ。

これが真実《ほんとう》だとしたら……。

あれは冗談でもオーバーでもなかったんだ。

優太はまさに悪魔の子だ。

お母さんの家族を殺した犯人の子供だったなんて。

悪魔の子よりひどいじゃないか。

山犬の子のダミアンの方がまだましだ。

こんなひどい悪球をどうやって受け止めたらいいんだ……。

5

三時間近くがたった。

優太は兄が戻ってくるのを今か今かと待ち続けていた。

兄は戻って来なかった。

あのノートを読み終わるのに三時間もかかるはずがない。それがいまだに戻って来ないというのは……。

さすがの兄貴も今度の悪球は受け止め損ねたってわけか。

なんだよ。

何が、どんな悪球でも受け止めてやる、だ。

優太はベッドの上で膝を抱え、その膝に顎を乗せ、絶望的な気分で思った。

床に放り出されたままのユータンが、そんな優太をいつもの無邪気なガラスの目で見上げていた。

きっと……。

読み終わったものの、あまりにもショッキングな内容に、兄貴もどうしていいのか分からないのだろうな。今頃、自分の部屋で、僕と同じように途方に暮れて膝を抱えているのかもしれない。

無理ないよ。

今まで弟だとばかり思っていた僕が、何の血の繋がりもない赤の他人だったどころか、お母さんの家族を殺した男の子供だと分かったんだから。悪魔の子も同然じゃないか。

たとえ悪魔の子でも、兄貴なら味方になってくれるかもしれない。今まで通り弟として受け入れてくれるかもしれない。心のどこかで、そう信じていた。

だから、新幹線の中で兄貴の声を思い出して、席から立ち上がる気力が出たんだ。兄貴なら助けてくれる。必ず力になってくれると思って。

でも、もうおしまいだ。

頼みの綱の兄貴からも見捨てられたんだ。

優太は膝の上に顔を伏せた。また涙が出そうになってきた。絶望のどん底で、それを必死にこらえていたとき、ドアをコンコンとノックする音がした。

はっと顔をあげてドアの方を見た。

返事を待たずに入ってきたのは桐人だった。手には例のノートを持っている。

その顔は、やや青ざめ強ばっていた。それでも、優太を見る目には、嫌悪や憎悪の色はなかった。いつも通りの弟を見る目だった。

「読んだ？」

優太が震えそうな声で聞くと、桐人は頷いた。

「全部？」

「ああ、全部」

そう答えて、桐人は、さきほどのように優太の隣に並んで腰かけた。戻ってきてくれた兄の体温を間近に感じた途端、安堵のあまり、今までこらえていた涙がどっと優太の両目からこぼれ落ちた。

「遅かったじゃないか」

優太は涙声で訴えた。

「戻って来ないのかと思った」

「何、泣いてんだよ。言っただろ。戻ってくるって。どんな悪球でも受け止めてやるって」

桐人は泣きじゃくる弟の頭を軽くこづくと、その肩を抱いた。力強い手だった。

「安心しろ。すごい悪球だったけど、今度もちゃんと受け止めたから」

「…………」

「ノート読んだ後、ネットで検索してたんだよ。それで、少し遅くなったんだ」

桐人はそんなことを言った。

「検索？」

「このノートに書かれた通りの事件が三十年前に実際にあったかどうか調べてみたんだ。『山梨、美和沼』とか『牧師一家殺人』とか『少年犯罪』とか色々キーワードを変えて検索してみたら……」

そうだったのか。

優太は涙の溜まった目で、兄を尊敬のまなざしで見た。やはり、兄貴は僕とは出来が違う。全然違う。天と地ほどに違う。僕のように、ノートを読んだ後、なすすべもなく、膝を抱えて途方に暮れていたわけじゃなかったんだ。内容にショックを受けながらも、すぐさま冷静になって、次の行動に移っていたんだ。

「で、どうだった……？　事件はあったの？」

優太はおそるおそる尋ねた。

ああいっそ、そんな事件など存在せず、このノートが川嶋優の創作か何かだったらいいのに、と願いながら。

でも、桐人は厳しい表情で答えた。

「あった。犯罪心理学専門家のサイトとか、日本の猟奇殺人の歴史とか調べてる研究家のサイトが幾つかヒットした」

「…………」

「それらによると、ノートに書かれた事件は本当にあったとしか思えない。しかも、研究サイトには触れられてないような詳細なこともノートには書かれている。事件の関係者、たぶん犯人にしか分からないはずのことが。これは作り話なんかじゃない。事実だ」

「…………」

やっぱり事実だったのか。優太はがっかりしたように肩を落とした。

「変だとは思っていたんだ。お母さんの家族は事故で死んだって聞いてたけど、それがどんな事故だったのか、誰も詳しいことは教えてくれなかったし、お父さんもお母さんもその話になると避けるようなそぶりを見せていたし。なんかあるんじゃないかと思っていた。でも、まさか、こんなことだったなんて……」

桐人は言った。語尾が微かに震えていた。

「ねえ、兄貴」

優太は前を向いたまま聞いた。

「これからも僕を弟と思える？」

「…………」

「僕は人殺しの子だよ。それも、お母さんの家族を皆殺しにした男の子供だよ。それでも、今まで通り弟と思ってくれる？」

「…………」

桐人は答えなかった。

その沈黙の長さが、優太には永遠に続くような気がした。

「前にも言ったじゃないか」

ようやく桐人が口を開いた。

「おまえが誰の子であろうと関係ない。悪魔の子だろうが人殺しの子だろうが、おまえは僕の弟だ。未来永劫《えいごう》、それは変わらないって」

「でも……」

「だから、こうして戻ってきたんじゃないか。弟と思えなかったら戻ってこないよ」

「僕のこと怖くない？」

「怖い？　おまえが？　おまえを怖いなんて思ったこと一度もないよ」

「僕の父親は、今の僕と同じ歳のときに、夜中に熟睡していた牧師一家の喉を肉切り包丁で切り裂いて殺した男なんだよ。祖父にあたる男は、かっとしただけでナイフで人を簡単に刺し殺しちゃうような奴だったんだよ。僕だって、いつ、そんな衝動に駆られるか分からない。夜中に兄貴の部屋にこっそり行って、寝ている兄貴の首を包丁で切り裂くかもしれないよ。それでも僕が怖くない？」

「優太、よく聞け」

桐人は弟の両肩を両手でしっかりとつかんで言った。

「罪を犯したのはおまえの父親と祖父だ。おまえじゃない」

「…………」

「川嶋優の手記はおかしいよ。自分の罪を子供に引き継がせるなんて。そんなの間違ってる。絶対に間違ってるって。ジコチュウにもほどがある。自分で犯した罪は自分で償うべきだ。子供に償わせるなんて、そんな馬鹿な話があるか。あいつは最後までおかしかったんだ。あんなの手記でも遺書でもない。狂信者のたわごとだ。あいつの書いたものなんか信じるんじゃない。全部忘れるんだ。それより、僕たちのお祖父さんの言葉を信じるんだ」

「僕たちのお祖父さん？」

優太は誰のことだというように聞き返した。

「根岸牧師だよ。お母さんの父親なんだから、僕たちのお祖父さんじゃないか」

「兄貴のお祖父さんだよ。僕のお祖父さんじゃない」

優太はふてくされたように言い直した。

「僕たちのお祖父さんだ」

桐人は頑固に言い張った。

「いいか。この手記の中で、お祖父さんは川嶋に向かってこう言っている……」

桐人は、手にしたノートを開くと、その部分を声に出して読んだ。

「大切なのは環境なのだ。遺伝ではない。たとえ、聖人の子に生まれても、劣悪な環境に育てば、その子は悪人にもなる。逆に、悪人の子に生まれても、良い環境さえ与えられれば、その子は聖人にもなれる」

そこまで読むと、桐人は、ノートをぱたんと閉じ、弟の目を真っすぐ見て言った。

「その通りだよ。人殺しの血筋なんてものはない。そんなものがあったら、人殺しの子はみんな人殺しになっちまうじゃないか。問題なのは育った環境なんだ。人殺しの子が人殺しになってしまったとしたら、それは、環境が親と同じように悪かったせいだ。遺伝なんかじゃない。川嶋譲次も川嶋優も悪い環境で育ったから、あんな風になってしまったんだ」

「…………」

「おまえはどうだ？　悪い環境で育ってきたか？　日向明人と日向沙羅は悪い親だったか？　おまえを可愛がらなかったか？　虐待したりしたか？」

桐人は問い詰めた。

優太は首を激しく横に振った。

「そうじゃないだろ？　お父さんは他人の子供を救うために自分を犠牲にするような人だったし、お母さんだって、家族を殺した犯人の子だと知りながらおまえを育ててくれたんだぞ。そんな良い親に引き取られて、十分愛されて育ってきたんだろ？」

「うん……」

「だったら、おまえが川嶋優のようになるはずがない。川嶋譲次のようになるはずがないんだ。おまえはこれからも日向優太のままだ。分かったか？　優太」

桐人はそう言って、もう一度、弟の肩を両手で強くつかんだ。

その手は温かかった。

ああ、きっと……。

そのとき優太は思った。

川嶋優の両肩をつかんで教え諭したときの、根岸牧師の手もこのように温かかったのだろう、と。

それなのに、その後、牧師はその川嶋によって……。

「それとな、こんなノートは残しておかない方がいい。お母さんに見つかったりしたら大変だ。これは僕が預かっておく。明日からサッカー部の合宿だから、帰ってから、二人でこれを焼き払おう。焼き払った後は何もかも忘れるんだ。悪い夢でも見たと思って全部忘れるんだ」

桐人が言った。

優太は大きく頷くと、

「そういや、ヨシばあさんも同じこと言ってたっけ」

「同じことって？」

「帰る日の朝ごはんのとき、おばあさん、言ったんだ。ノートを読んだら、焼き捨てて、みんな忘れてしまえって。それにこうも言ってた。産んだ者が親じゃない。育ててくれた人こそ親を名乗る資格がある……それを決して忘れるなって」

「良いおばあさんじゃないか」

桐人の顔に僅かに笑みが戻った。

「うん。とっても良いおばあさんだった。ヨシっていうくらいだからね。もう一度会いに行きたいけど、二度と来るなって言われたから行けないや」

優太はしょぼんと肩を落とした。

「なあ、優太。血筋っていえば、その大おばあさんの血だっておまえの中に流れているんだぞ。それに、おまえの祖母にあたる澄子って人も良い女性《ひと》だったみたいじゃないか」

「らしいね。隣のおばさんもそう言ってたし。仏壇に飾ってあった写真も奇麗で優しそうな人だった。あ、そういえばさ」

優太は何か言いかけたが、それを遮るように、

「おまえの中には、たくさんの人の血が流れているんだ。もう変なことを考えるのはよせ」

桐人はノートで弟の頭を軽く叩くと、ベッドから立ち上がった。

6

桐人が部屋を出て行くと、優太はほっとしたように大きなため息をついた。

川嶋優のノートを兄貴に預けてしまったことで、何かもっと大きな重荷も兄貴に預けてしまった。自分には背負い切れないような重荷でも、兄貴なら背負い切ってくれるだ

ろう。そんな気がしていた。

前に、お父さんが生きていた頃、家族で富士山登山をしたことがあった。まだ小学生の頃だ。あのときも、途中でへばってしまった僕の荷物を半分兄貴が持ってくれた。そのお陰で、肩が軽くなって、なんとか頂上まで登り切ることができた。

あのときみたいだ。肩が軽くなった。

どん底まで落ち込んでいた気分が軽くなった。

兄貴の言う通りだ。人殺しの血筋なんてもんあるわけがない。それに親を選んで生まれてきたわけじゃないんだから、どうしようもないじゃないか。どうしようもないことは考えてもしょうがない。

昔、ビデオで観た古い映画の中で、主人公の女の人がラストにこんな風に呟くのがあったっけ。

明日のことは明日考えよう。

そうだよ。明日のことを考えて、今日あれこれ悩んでもしょうがない。明日のことは、明日になってから考えればいいんだ。

優太は小さなあくびをしながら思った。

手記の最後の方に、「富も名声も求めるな」とか「野の花のように生きろ」とか書かれていたけれど、そんなこと言われなくても、どうせ僕なんか、一生、富にも名声にも縁がないだろうし、野の花どころか野グソみたいに生きるのがオチさ。

今さら「罪人」なんて仰々しい十字架を背負わなくても、劣等感という生まれながらの十字架が背中にへばり付いているんだから。これ以上、十字架なんて背負えるかよ。そもそも富だとか名声だとかを得るのは兄貴の方に決まってる。僕にはそんなもん一生関係ない。

うちに帰ってきたときは、食欲もなく、とても眠れるような気分じゃないと思っていたが、兄にすべて話し、あのノートを預けてしまったら、急に食欲も眠気も出てきた。

腹へったな。

優太は、ぐるると鳴っている腹のあたりを片手でさすりながら思った。下に行けば、夕食に食べ損ねたオムライスが残っているかな。とはいえ、階下に降りて行って、まだ起きているかもしれない母と顔を合わせるのは、なんだか気まずい。

幸い、兄貴が置いて行ったバナナの房には二本残っていた。優太はそれをもぎ取り、飢えたサルのようにむさぼり食うと、さっさとパジャマに着替え、ベッドにもぐりこんだ。

頭を羽根枕に乗せると、しみじみと思った。

やっぱり、うちの枕の方がいいや。

枕だけじゃない。このベッドも、この部屋も。うちが一番いい。僕はずっとこの家の子でいたい。

あれは、兄貴が言った通り、悪い夢だったんだ。すべて、悪い夢。ユータンの腹の中からは、ヘロイン同様、変なメッセージなんか出て来なかった。毎日が同じことの繰り返しで退屈していた僕が見た夢。何もかもが悪い夢だったんだ。

こうして瞼《まぶた》を閉じて、一晩ぐっすり眠れば、目が覚めたときは、あんな悪夢は僕の頭の中から奇麗さっぱり消えている。

そうさ。どんな夢でも朝が来て目が覚めたら消えてなくなるのさ。

優太は、自分に暗示をかけるように心の中で念じながら、瞼を閉じた。すると、五分もしないうちに、地の底にひきずり込まれるような眠気を感じてきた……。

7

「……優太。起きろ」

誰かの声がした。

兄貴の声？　肩を乱暴に揺すぶられている。

「優太。起きろってば」

今度はぱちんと片頬を張られた。

痛いな……。

殴ることないだろ。

もう朝なのかよ。

さっき寝たばかりなのに……。

優太はうっすらと目を開けた。

目の前にいたのは桐人だった。

「……朝？」

優太は目をこすりながら聞いた。

「何ねぼけてんだ。昼だぞ」

桐人が言った。

「え……」

優太は驚いて枕元の目覚ましを見た。本当だ。午前十一時半をとっくに過ぎている。ってことは、昨夜寝たのが、午後十一時過ぎくらいだったから、十二時間以上も爆睡していたのか。

優太はさすがに自分でも呆れた。

「おまえ……よくこんなに眠れるな」

桐人も心底呆れたという顔で言った。そう言う兄の方があまり寝ていないような少し赤い目をしていた。

「あれ……？」

ようやく意識がしっかりしてきた優太は、思わず言った。

「兄貴、なんでここにいるの？　今日からサッカー部の合宿じゃなかった？」

朝から出かけたんじゃなかったのか。身を起こしながら聞くと、

「急用ができたと言って、僕だけ明日から参加することにしたんだ」

「急用って？」

「早く着替えて下の物置に来い。その急用をおまえとこれからやるんだ」

桐人はそれだけ言うと、部屋を出て行った。

下の物置に来い？

その急用をおまえとこれからやるんだ？

言っている意味がさっぱり分からない。

物置でこれから何をやるって言うんだ。

優太は首を傾げながらも、パジャマを脱ぎ、Ｔシャツとハーフパンツに着替えると、洗面もそこそこに、階下の物置に行ってみた。

そこは六畳間ほどの洋室で、西向きに窓があって、午後になると西日が強く当たるために物置として使っている部屋だった。

その物置に行くと、桐人は、積み上げられた段ボールを一つ一つ開けては、何かを探

していた。

「何やってんの？」

優太はぽかんとして聞いた。

「アルバム探してるんだ」

桐人は作業の手を止めずに答えた。

優太を起こしに来る前から、一人でやっていたのか、Tシャツの背中は既に汗で濡れていた。

物置だからクーラーなどついてはない。窓を開けていても、部屋の中は蒸し風呂状態だった。

「アルバムって？」

「古いアルバムだよ。お父さんの子供の頃の写真のある。ぼーっと突っ立ってないで、おまえも早く手伝え」

桐人は振り向いて、怒ったような顔でどなった。

「前のマンションから引っ越してきたとき、使わないものは、段ボールに入れて、みんなここにしまったから、この中にあるはずなんだ」

「お父さんの子供の頃の写真って……そんなもの、探してどうするんだよ」

「おまえ、前に言ってたじゃないか。お母さんが、おまえはお父さんの子供の頃にそっくりだって言ったって。だから、その写真を見ればそれが本当かどうか分かるだろ」

「そんなもん……」

優太は口を歪めて笑った。

「探したって無駄さ。あれはお母さんの嘘だったんだ。僕はお父さんの子じゃなかったんだもん。似てるわけないじゃんか」

「僕はお母さんが嘘をつく人とは思えない。おまえに言ったことは本当じゃないかと思うんだ。それを確かめるために、お父さんの写真を探すんだ」

桐人は大きな段ボールの一つに腰をおろすと、

「昨日、あれからさ、部屋に戻って、もう一度あのノートを読み返してみたんだ。最初に読んだときもそうだったけど、僕にはどうしても納得できないことがあるんだ」

「なに……？」

「お母さんがおまえを引き取って育てた理由だよ」

「…………」

「自分の家族を殺した犯人の子供を、どうして我が子として育てようと思ったのか。そんなこと、普通、できるか？」

「それは……お母さんがクリスチャンだったからじゃないの」

優太は自信なさそうに言った。

「たとえクリスチャンでも、そこまでできるか。しかも、お母さんはあのノートにも書いてあったように、クリスチャンといっても、あまり敬虔な方じゃない。子供の頃から、『汝の敵を愛せ』という主の教えが理解できないと言っていた。今もあまり変わってないよ。そんな人が、家族を殺したいわば敵の子供を引き取って育てると思うか？　それに、川嶋久野が身重の身体で訪ねてきたとき、僕という子供までいたんだぞ？」

「…………」

「これが敬虔なクリスチャンで、子供のいない女性だったというなら、まだ理解できるんだけどな」

「でも、ヨシばあさんの話では」

優太が言いかけると、

「そこなんだよ、問題は。川嶋久野が産み落とした子をお母さんが引き取ったというのは、ヨシばあさんが誰かから聞いた話にすぎないんだよな？」

桐人は鋭い目で確認するように聞いた。

「うん。おばあさんは人づてにそう聞いたと言ってた」

「もしかしたら……」

桐人は段ボールの上に足を組んで座り、考える人のポーズを取りながら言った。

「ヨシばあさんの記憶違いかもしれない。九十近い年寄りなら考えられるだろ」

「目はかなり悪いようだったけど、ぼけているようには見えなかったけどなぁ」

「だとしたら、聞き違いか、伝えた人の言い間違いか」

桐人は考え込んでいたが、やがてひらめいたという顔になって、

「そうか。きっと、こういうことだったんだ。なんらかの手違いで、情報が間違ってヨシばあさんに伝わってしまったんだよ」

「え？」

「つまりさ、川嶋の遺書を持って訪ねてきた川嶋久野が突然産気づいた。そこで、お母さんは、救急車を呼ぶなり車を運転するなりして、久野を病院に運んだ。成り行き上、しばらく付き添いみたいなこともしたかもしれない。そして、母親は亡くなったが、赤ん坊の方は助かった。でも、この後が違うんだ。この子を引き取ったのは、お母さんじゃなかったんだよ。誰か別の人だったんだよ。子供のいない夫婦とか施設とかに引き取られたのかもしれない。ところが、このあたりの情報がごっちゃになってしまって、ヨシばあさんには、川嶋久野が訪ねて行った家の女性が子供も引き取ったという話になって伝わってしまったんじゃないか」

優太は茫然としていた。

「な？　ありえない話じゃないだろ。この方がずっと現実的だよ。お母さんが、家族を殺した犯人の子を引き取ったなんて考えるよりは」

桐人は勢いづいて言った。

そうだ。ありえない話じゃない。

ヨシばあさんは、故意に嘘をついたり耄碌《もうろく》しているようには見えなかったけれど、最初から、間違った情報を与えられていたのかもしれない。それを十年以上もずっと信じ込んでいたのかもしれない。

「それじゃ、僕は……」

優太の目が一瞬輝いた。

「川嶋の子じゃないかもしれないぞ」

桐人は確信ありげに言った。

「川嶋優太はおまえじゃない。別にいるんだ。子供のいない家か施設に引き取られて、そこで育ったんだよ」

「でもさ」

兄の言葉を信じたいと思いながらも、優太は不安そうに言った。

「それなら、ユータンは？　川嶋のメッセージが隠されたクマのぬいぐるみが、なんでうちにあったの？　それにさ、僕が川嶋の子ではないとしたら、なんで、お母さんは僕に優太って名前を付けたんだろう？」

「それは……」

さすがの兄も返事に詰まったようだったが、

「優太なんてのはよくある名前だから、偶然だよ」

と少々苦しい言い訳をした。

「それじゃ、ユータンは？　なんでユータンはうちにあったんだよ？」

桐人は再び考えるように渋い顔をしていたが、

「それは……川嶋久野がお母さんを訪ねてきたときに持ってきたんじゃないのか。それが、産気づいて病院に運ばれるはめになって、彼女が持ってきたユータンだけがうちに残された。そして、いつの間にか、それがおまえの玩具になった……」

そんな風に説明した。

「川嶋久野はなんでユータンをうちに持ってきたんだよ？　あんな大きなぬいぐるみを抱えて？」

優太はそんな説明は納得できないという顔で聞き返した。

「そこまでは分からないよ。なんか、理由があったんだろ」

桐人はそっけなく言うと、

「おまえの戸籍謄本でも見れば分かるんだけどな。川嶋の子だったら養子になっているはずだから。でも、それよりもっとてっとり早い方法がある。お父さんの子供の頃の写真を探すんだ。もし、それがおまえに似ていれば、何よりの証拠になるじゃないか。おまえが川嶋の子じゃなくて、お父さんの子だってことのな」

8

それならばと、優太も勇んで兄の作業を手伝い始めたが、なかなか、古いアルバムは見つからなかった。

部屋中に積み上げられた段ボールを引き下ろし、中を開けて見たが、どこにもない。

午後になると、窓からは強烈な西日が入り始めた上に、今日はあまり風がない。

二人のＴシャツは汗でぐっしょりと濡れていた。おまけに、めったに掃除をしない物置での作業ということで、二人とも顔から何から埃だらけだった。

「兄貴。もういい」

最初に音をあげたのは優太だった。

「やめようよ。これ以上探しても無駄だって」

「なんで無駄なんだ？」

汗と埃にまみれた顔で振り向いた桐人がむっとしたように聞き返した。

「捨てちゃったんだよ。これだけ探してもないんだから」

優太は肩を竦めた。

「捨てるもんか。絶対にどこかにあるって」

桐人は顔から滝のように流れ落ちる汗を腕で拭いながら言った。

「まだ調べてない段ボールがある。きっとあの中にあるんだ」

そう言って、まだ五、六個はある大きな段ボールの山を指さした。

優太はその山をげんなりとした目で見た。

「もういいって。それより、腹へって死にそう。ごはん食べようよ」

優太はぐうと鳴った腹を押さえながら言った。兄に叩き起こされて、朝ご飯を食べ損ねた。昨日も夕ごはんを食べ損ねて、バナナだけで飢えをしのいだのだ。背中とおなかがくっつきそうだった。

「なんだ。あきらめるのか」

桐人は軽蔑するように弟を見た。

「おまえは、このまま川嶋の子でいいのか？」

別にそれでもかまわない。優太は思わずそう言いそうになったが、兄の真剣な顔を見ると黙った。川嶋優の子だろうが日向明人の子だろうが、僕は僕だ。どっちでもいいじゃないか。兄貴だって、昨日そう言ったじゃないか。一晩、ぐっすり寝たせいか、そんな呑気な気分になっていた。あれはすべて悪夢だったんだ。そう考えて、嫌なことは全部忘れようと思っていたのに。

それに、苦労して探して、古いアルバムが見つかったとしても、そこにある父の写真が僕に似ているという保証はない。あるのは母の言葉だけだ。もしかしたら、似てないかもしれないじゃないか。その方がよっぽどショックだ。

「だから、おまえは駄目なんだよ」

優太が黙っていると、桐人は吐き捨てるように言った。

「何でもそうやってあきらめてしまう。勉強だってスポーツだって何だって、ちょっと苦しくなるとすぐに。最後まで全力を尽くそうとしない。何やっても中途半端なんだ」

優太は返す言葉がなかった。全くその通りだったからだ。テストのときも、最後まで全力を尽くしたことなんてない。半分ほどやって、平均点くらいは取れたかなと思うと、そこで手を抜いてしまうし、スポーツもそうだ。ぶっ倒れるほど頑張ったことなんて一度もない。ハムスターみたいに同じとこをぐるぐる走り回る校内マラソンなんて、馬鹿らしくて、よく仮病を使って休んだものだし。

「頑張る」とか「全力を尽くす」なんて言葉は、「不眠症」同様、優太の辞書にはなかった。

兄は違う。どんなことでも最後まで全力を尽くす。決して途中であきらめない。投げ出さない。勉強でもスポーツでもそうやって、いつも結果を出してきた。

「ま、いいや。昼飯食ってこいよ」

桐人は口調を和らげて言った。

「おまえ、昨日からろくに食べてなかったもんな。冷蔵庫に昨日のオムライスが入ってるから、チンして食べろって、お母さんが言ってたぞ」

「お母さんは？」

「アトリエ」

「兄貴はどうする？」

「僕はいい。そんなに腹へってないから」

「まだ続けるの？」

「もちろん。見つけるまでな」

桐人はそう宣言して、これ以上話すのも時間の無駄だとでもいうように、また作業を始めた。

まだやるつもりなのか。

自分のことでもないのに。

当の僕がもういいって言ってるのに。

それなのに、自分のことのように一生懸命になって、合宿まで一日遅らせて。

やっぱ兄貴って凄いや。

優太は、汗と埃にまみれて作業を続ける兄の姿を英雄でも仰ぎ見るまなざしで見てから、物置を出ると、ダイニングルームにやってきた。

冷蔵庫を開けると、下の方に、昨夜食べ損ねたオムライスがラップに包まれて入っていた。舌なめずりしながら、それを取り出すと、電子レンジに入れた。チンして温め、テーブルについて、さあ食べようと、スプーンを持ち上げたときだった。

「優太、見つけた！」

物置の方から大声が聞こえてきた。

優太はスプーンを持ったまま、一瞬、かたまった。

見つけたって、まさか。

「お父さんの写真、見つけたぞ！　早く来い！」

まさに勝利の雄叫びのような声だった。

優太はスプーンをテーブルに放り出すと、走って物置に向かった。

物置の中では、桐人が、床にあぐらをかいて、古いアルバムのようなものを開いていた。

顔には満面の笑みが浮かんでいる。

「……そのアルバム？」

優太は戸口のところで、おそるおそる聞いた。

「このアルバムだ。お父さんの赤ん坊の頃からの写真が貼ってある。中学のときのもあるぞ」

「僕に似てる？」

消え入りそうな声で聞いた。もし全然似ていなかったらどうしよう……。

「見てみろよ。似てるなんてもんじゃない」

桐人はアルバムを開いたまま、不安そうな顔をしている弟に見せた。

そこには、中学生らしき詰め襟の制服を着た丸坊主の少年の写真があった。丸顔で人の好さそうな顔をして、顔中ニキビだらけだった。美少年とはお世辞にも言えない。制服の袖は指が隠れるほどダブダブだし、隣にいる同級生らしい少年と比べても、背はかなり低いようだ。

これがお父さん？

僕にそっくりじゃないか。

優太は信じられないという顔で、父の古い写真を見つめた。もし、その写真の制服の胸に「日向明人」というネームがなかったならば、このニキビだらけの冴えない少年が、あの父だとは絶対に信じなかっただろう。

「な？　僕の言った通りだっただろ。おまえはやっぱお父さんとお母さんの子だったんだよ。川嶋優なんて奴の子供じゃない。これで分かっただろ？」

桐人は弟の肩を抱きながら、輝くような笑顔で言った。

埃と汗にまみれて汚れていても、その顔はまるで地上に降り立った天使のように美しかった。

天使じゃない。

救世主だ。その名の通り、優太にとって、今の桐人はまさに救世主だった。

兄によって救われた。

そう思った。

兄が持ち前の粘り強さでこの写真を見つけだしてくれたから、今、ようやく、あの悪夢から本当に目覚めることができたんだ、と。

9

「中学の頃のお父さんって、マジでださかったんだなぁ。ホント、今のおまえそっくり。こりゃ、誰が見たって父子《おやこ》だよ」

サウナ状態の物置を出て、冷房の利いた居間のソファに座ると、父のアルバムを見ながら、桐人は笑いころげた。

優太も、ダイニングに残してきたオムライスのことも忘れ、兄と寄り添うようにして、父のアルバムに見入っていた。

「あれ。これ、お母さんかな」

桐人が一枚の写真を指さした。

丸坊主の父と肩を並べて立っている美少女の写真があった。こちらも中学生らしく制服を着ている。やや八の字眉の、目の大きな顔立ちに母の面影があった。少女の方が少年より少し背が高かった。

「そうだよ。これ、お母さんだ。お母さんはぜんぜん変わってないね」

「お母さんの方がでかいじゃないか。お父さんって、この頃、よっぽどチビだったんだな」

桐人はまた吹き出した。

そうか。子供の頃はお母さんの方が大きかったのか。

優太はその写真を見て、なんだか嬉しくなった。

チビでニキビだらけの冴えない父でも、こんな美少女だった母と付き合うことができたんだ。おまけに、中学を出た後、運命の再会をして、結婚までしちゃったんだ。そう思うと、なんだか、自分の未来もぱっと明るく開けそうな気がした。

僕だって、いつか、きっと。

そう考えたとき、なぜか、藤堂千夏の顔が頭に浮かんだ。優太は思わず頭を振って、千夏の顔をかき消した。違う違う。あんなメガゴリラじゃなくて、もっと正統派の美少女と……。

「お父さんさ、高校くらいのときから、ちょっとかっこよくなってきてない？」

優太は言った。

「そうだな。高校生のお父さんはちょっとかっこいい」

桐人も同意した。

高校の制服を着た父の姿は、中学のときよりも遥かに見栄えがするようになっていた。丸坊主から髪を伸ばし、背丈もかなり伸びたようで、肩幅もがっちりとしてスポーツマンタイプの身体つきになっている。

顔も、まだ頬にニキビの痕のようなものは残っていたが、丸顔の人の好さそうな顔つきから、利口そうに引き締まったハンサム系の顔に変貌していた。

「中学のときとは別人みたいだ」

桐人は信じられないという顔で言った。

「中学のときは、ただのお人好しって顔してるけど、高校のときは、明らかに秀才って顔になってる」

「そういや、お母さんが言ってたよ。お父さん、高校に入ってから急に背が伸び始めて、勉強とかスポーツとかもできるようになったんだって」

優太が言うと、

「へえ。じゃ、おまえもそうなるかもしれないな」

桐人は弟の方を横目で見ながら言った。

「へへ。お母さんにも言われた。僕にも可能性はあるって。まだ芋虫だけど、いつか大空を羽ばたく蝶の羽を持っているんだって」

「だけど、おまえがお父さんのようになるには、これから気が遠くなるような努力をしなくちゃ無理だろうな。何事も中途半端で投げ出してしまうような怠け者の芋虫だからさ。よっぽど頑張らないと一生蝶々にはなれないかもしれないぞ」

桐人はからかうように言った。

ふだんだったら、こんな皮肉めいたことを言われたら、口をとがらせて抗議するところだが、優太は何も言わなかった。

これからは、兄貴の言うことは何でも聞く。絶対に逆らわない。そう決めたのだ。それに、兄貴の言っていることは、全くその通りだったし。どうせ、この先、父のようになるのは兄貴の方だろう。僕が日向明人の子であることが分かったからといって、そのことに変わりはない。どう頑張ったところで、兄貴や父のようにはなれっこない。それならそれでもいいや。この先、世の中の片隅で平々凡々と生きていくとしても、お母さんの家族を殺した殺人者の子供じゃないのが分かっただけでもすごく幸せだ。

「このラグビーやってるとこなんか、マジ、かっこいい」

優太は、大学時代の父の写真を見ながら歓声をあげた。

頭や性格はともかく、見た目だけでもこうなれたらいいなと思いながら。

「今だから白状するけどさ」

父のアルバムを弟に渡すと、桐人はソファの背もたれに背中を預け、腕を頭の後ろで組みながら、ふと言った。

「川嶋のノート読んだときは、かなり、びびった」

「…………」

「おまえとは血の繋がった兄弟じゃないと分かっても、それほどショックじゃなかったんだ。でも、まさか、おまえが、お母さんの家族を殺した男の子供だったなんて。それが分かったときは大ショックだった」

優太はじっと兄の整った横顔を見ていた。

「人殺しの血筋なんてない、父親や祖父が人殺しだったとしても、おまえには何の罪もない。そう頭では分かっていても、やっぱ、ちょっとなぁ」

桐人はそう言って、黙った。

「ちょっと何？」

優太は鋭く聞き返した。

「今までと同じ目でおまえを弟として見られるか、本当は自信なかったんだ」

「…………」

「口では、たとえ悪魔の子でもおまえの味方するなんてかっこいいこと言ったけど、本音言うと、この先、おまえを弟とは思えなくなってしまうんじゃないかって。だから、ノートを読んだ後、すぐにおまえのとこに行かなかったんだ。ていうか、行けなかった。パソコンで事件のデータ読んでただけじゃない。検索終わった後も、どうしていいか分からなくて、ベッドに寝転がって考えてたんだ」

「やっぱ、そうだったのか」

優太が言った。

「兄貴がなかなか戻ってきてくれなかったから、僕もそう思ってたんだ。悪球すぎて、さすがの兄貴も受け止められなかったのかな。見捨てられたのかなって」

「…………」

「でも、結局、戻ってきてくれたよね。僕を弟として受け入れてくれた。見捨てなかったじゃないか」

「考え抜いた末に決めたんだ。おまえをこれからも弟として受け入れようって」

桐人はそう言い切った後、

「本当によかったぁ……」

と心の底からほっとしたような声で言った。

「おまえが川嶋優なんて奴の子じゃないって分かってさ。これで今夜はぐっすり眠れそうだ」

そうか。兄貴も迷い苦しんでいたのか。僕を弟として受け入れるかどうか。大人びたことを言っても、僕とはたった一歳違いの、所詮は十四歳の子供だもんな。あんなノートを読めば、誰だって、ショックを受けて迷うのが当然だ。

でも、たとえ迷った末でも、僕を弟として受け止めようと決心してくれ、その上、父の写真まで見つけてくれた兄貴は、やっぱり僕の救世主だ。

もし兄貴という存在がいなかったら、一人でこの問題に立ち向かっていたとしたら、もっと苦しみもだえていただろう。もしかしたら、あの新幹線の席に座り続けたままだったかもしれない。あのまま、どこか遠くへ行ってしまっていたかもしれない……。

そんなことを思い返しながら、父のアルバムをめくっていた優太は、まだ若い父が赤ん坊を抱いて笑っている写真を見つけた。赤ん坊は生後二、三カ月といったところだ。赤ん坊のそばには、ユータンが転がっている。この赤ん坊は、僕かな？

「ただささ、一つ分からないのが」

写真を見ながら、優太は呟いた。

「なんでユータンがうちにあったのか」

すべてが兄の推理通りだったとしても、なぜ、川嶋優がまだ見ぬ息子に宛てたメッセージを秘めたクマのぬいぐるみが日向家にあったのか。そして、それが、偶然にも「優太」という名前を持つ自分の玩具になったのか。その理由というか経緯が分からない。

優太にとって真夏の悪夢ともいうべき今回の出来事は、まさに、この偶然から始まったのだから。

「僕にもそのへんがまだ謎なんだが……」

桐人も考え込むような顔になった。

「ねえ、お母さんに聞いてみようか」

優太は身を乗り出して兄に言った。

「それが一番早いよ。ユータンの腹から変な手紙が出てきたって話してさ」

そう言いかけると、

「馬鹿」

と兄にどなられた。

「お母さんに川嶋のことを話すつもりか。そんなことしたら、お母さんが忘れたがっている悲しい過去を思い出させてしまうじゃないか。家族を皆殺しにされたっていう思い出したくもない過去を」

「…………」

「おまえはお母さんを悲しませたいのか」

「ううん」

「お母さんには内緒だ。何も話しちゃ駄目だ。絶対に秘密にするんだ」

桐人は厳しい表情で言い渡した。

「分かった」

優太は渋々頷いた。

兄貴にはこの先絶対服従をひそかに誓ったばかりだ。逆らうわけにはいかない。それに、兄が母を想う気持ちも分かる。

「絶対だぞ。男と男の約束だ」

桐人はなおも言った。

「分かったってば。絶対秘密にする」

優太は誓った。

「でもなぁ、おまえ、おしゃべりだからなぁ」

桐人は疑わしそうなまなざしで弟を見た。

「絶対言わないってば」

優太はもう一度誓った。

10

「……あの顔のない少年って、川嶋優だったんだな」

頭の後ろで腕組みして、ソファにもたれかかったまま、桐人がぽつんと言った。

「顔のない少年？」

アルバムに視線を落としていた優太は、顔をあげて兄を見た。

「お母さんの描く絵には、顔の描かれていない十二、三歳くらいの変な少年がいつも出てくるんだよ。白いシャツに紺色の半ズボンをはいた。前からあれが気になっていた。あの顔のない少年は何なんだろうって思って。なんで、お母さんはいつも同じ少年を描くんだろうって」

桐人は天井を見つめたまま、独り言のように言った。

「あれは、川嶋優だったんだ。前に、お母さんの個展見に銀座に行ったとき」

桐人が言いかけると、

「個展見に行ったの？　一人で？」

優太が聞き返した。

「学校の帰りに、気が向いてさ」

「なんだ。行くなら、僕も誘ってくれればよかったのに」

「だって、おまえ、絵には興味ないじゃんか。興味ない奴誘ったって、しょうがないだろ」

「お母さんの絵は別だよ」

優太は膨れっ面で言い返した。

しかし、さすがは、将来の職業の一つに画家という選択肢を持つ兄貴らしい。母の個展を一人で見に行っていたなんて。

「展示してあった絵の中に『家族写真』ってタイトルのついた絵があったんだよ」

桐人はその絵の説明をした。

「……あそこに描かれた五人は、お母さんの亡くなった家族だったんだな。その中に、子供の頃のお母さんと並んで、顔のない少年が描かれていたんだ。あれ見たときは、お母さんの兄貴かなって思ったんだけど。そうじゃなかった。あれが、川嶋だったんだ」

「どうして顔、描かないんだろうね？」

優太は聞いた。

「さあな。家族を殺した奴の顔なんて思い出したくないのかもな」

「思い出したくないなら、なんで、何度も描くんだろう？」

「思い出したくはないけど、心の片隅には常に住み着いていて、絶対に忘れられない存在……なのかな」

桐人は、考えるような顔でそう言ったが、

「それとな、個展には、『いつもの朝に』ってタイトルの絵もあってさ、それが」

と言いかけたとき、廊下の方からスリッパの足音がした。母の足音だ。アトリエから出てきたのだろう。

「優太、これだぞ。分かったな？」

桐人は話をやめて、唇に人差し指をあてると、弟を睨みつけるようにして小声で言った。優太は首が折れるほど深く頷いた。

「あら、桐人。おまえ、いたの？　今日からサッカー部の合宿じゃなかった？」

母は意外そうな顔で聞いた。

「あ……うん。今日は用があったもんだから、僕だけ明日から参加することにしたんだ。明日、行くよ」

桐人は笑顔になって答えた。

「あ、そう。何なの、用って？」

「まあ、そのヤボ用。もう済んだけど」

「優太。おまえ、一体どうしたのよ。中山君の所から帰ってきてから、ごはんも食べずに部屋に閉じこもってしまって。向こうで何かあったの？」

「あ……」

母の追及の矛先が兄からいきなりこちらに向いたのにうろたえて、優太はすぐに返事ができなかった。

「やっぱ、中山と喧嘩したんだって。な、そうだよな、優太」

優太が口ごもっていると、横から桐人が助け船を出すように言った。その目が、目配せするような合図を送っている。

「う、うん、そうそう。中山と喧嘩しちゃったんだ」

優太は兄の合図を素早く悟って言った。

「なんで喧嘩なんかしたの？　あんなに仲良かったのに」

母が聞いた。

「あの……それはさ、向こうに行ったらさ、あいつの隣の家に土屋っていう図体ばかりでかいくそ生意気な小学生がいてさ」

優太は口からでまかせをまくしたてた。

「でも、さっき電話して、仲直りしたよ」

白々しい顔で言うと、そんな弟を、話を振った当の桐人が呆れたような顔で見ていた。

「そう。仲直りしたならいいけれど……」

母は安心したように言いかけて、優太が開いていたアルバムに目をやると、

「あ。それ、お父さんの古いアルバムじゃない？」

と驚いたように目を見張った。

「どこにあった？　そういえば、優太、おまえ、それ探してたよね」

「物置。兄貴が見つけたんだ。その……二人で久しぶりにキャッチボールやろうってことになって、古いグローブ探してたら、たまたま見つけたんだ」

優太は嘘の上塗りを平然と続けた。

桐人は、よく言うよという顔をしていた。

「どこへやったのかと思っていたけれど、やっぱり物置にしまってあったのか」

母は懐かしそうな目でそのアルバムを見ながら、

「お父さんの中学の頃って優太にそっくりでしょ？」

「くりそつ。まるで父子《おやこ》みたいだ」

優太が言うと、母は笑い出して、

「当たり前じゃない。父子なんだから。どう？　これで納得した？　お母さんの言ったことは嘘じゃなかったでしょ？」

「うん。ぜんぜん嘘じゃなかった」

優太はそう答えてから、

「ねえ、お母さん、この赤ん坊って僕だよね。お父さんが抱いてるやつ」

開いたままになっていたアルバムを母の方に見せた。若い父が赤ん坊を抱いて笑っている写真だ。そばにはユータンが転がっている。

「ああ、これは優太じゃなくて、桐人よ」

その写真を一目見るなり、母は笑みを浮かべて言った。

「兄貴？　その赤ん坊が？」

優太は奇妙な顔をした。

「だって、ここにユータンがいるじゃん。ユータンは僕が生まれたときに、海外にいたお父さんがお土産に買ってきてくれたんじゃないの？」

「それはおまえの勘違い」

母は笑いながら言った。

「ずっとそう思ってた？」

「え……？」

勘違いって。

「ユータンはね、もともとは桐人のものだったのよ。桐人が生まれたときに、お父さんがお土産として買ってきたものだったの。それが、優太が生まれて、二歳くらいのときだったかな、お兄ちゃんのクマさんのぬいぐるみをほしがってね、泣いて駄々をこねるものだから、桐人が優太にあげたのよ。そうしたら、ユータンなんて名前つけて、自分のものだと思うようになったのね。二人とも小さかったから忘れちゃったと思うけど。あの頃から弟思いの優しいお兄ちゃんだったよね、桐人は」

そう言って、母は優しい目で兄を見た。

「これは生後三カ月くらいかな。このときは標準よりずっと小さな子だったのに、今ではこんなに大きくなって」

「……それじゃ、ユータンは」

優太は唾を呑み込んでから、再び尋ねた。

「最初は兄貴のものだったの？」

その質問に、母は頷いた。

「そうよ。あれは桐人のものだったのよ」

〔下巻に続く〕

この作品は二〇〇六年三月、集英社より刊行されました。
文庫化にあたり、上下に分冊しました。

集英社文庫　目録（日本文学）

磯淵猛　紅茶のある食卓
一条ゆかり　実戦！恋愛倶楽部
五木寛之　風に吹かれて
五木寛之　地図のない旅
五木寛之　男が女をみつめる時
五木寛之　哀愁のパルティータ
五木寛之　燃える秋
五木寛之　凍河(上)(下)
五木寛之　奇妙な味の物語
五木寛之　星のバザール
五木寛之　こころ・と・からだ
五木寛之　雨の日には車をみがいて
五木寛之　ちいさな物みつけた
五木寛之　改訂新版 第一章 四季・奈津子
五木寛之　改訂新版 第二章 四季・波留子
五木寛之　改訂新版 第三章 四季・布由子
五木寛之　不安の力
伊藤左千夫　野菊の墓
絲山秋子　ダーティ・ワーク
井上篤夫　追憶マリリン・モンロー
井上荒野　森のなかのママ
井上荒野　ベーコン
井上㋖みどり　ニッポンの子育て
井上ひさし　化粧
井上ひさし　ある八重子物語
井上ひさし　わが人生の時刻表 自選ユーモアエッセイ1
井上ひさし　日本語は七通りの虹の色 自選ユーモアエッセイ2
井上ひさし　吾輩はなめ猫である 自選ユーモアエッセイ3
井上宏生　スパイス物語
井上夢人　あくむ
井上夢人　パワー・オフ
井上夢人　風が吹いたら桶屋がもうかる
井上夢人　the TEAM ザ・チーム
井原美紀　リコン日記。
今邑彩　よもつひらさか
今邑彩　いつもの朝に(上)(下)
岩井志麻子　邪悪な花鳥風月
岩井志麻子　悦びの流刑地
岩井志麻子　偽《ウェイ》偽《ウェイ》満《マン》州《ジョウ》
岩井志麻子　瞽女《ごぜ》の啼く家
岩井三四二　清佑《せいゆう》、ただいま在庄《ざいしょう》
宇江佐真理　深川恋物語
宇江佐真理　斬られ権佐
宇江佐真理　聞き屋与平 江戸夜咄草
植田いつ子　布・ひと・出逢い
内田春菊　仔猫のスープ
内田康夫　浅見光彦を追え ミステリアス信州
内田康夫　浅見光彦豪華客船「飛鳥」の名推理

集英社文庫 目録（日本文学）

集英社文庫　目録（日本文学）

奥泉光　バナールな現象
奥泉光　ノヴァーリスの引用
奥泉光　鳥類学者のファンタジア
奥田英朗　東京物語
奥田英朗　真夜中のマーチ
奥田英朗　家日和
奥本大三郎　虫の宇宙誌
奥本大三郎　壊れた壺
奥本大三郎　本を枕に
奥本大三郎　虫の春秋
奥本大三郎　楽しき熱帯
小沢章友　夢魔の森
小沢章友　闇の大納言
小沢一郎　小沢主義《オザワイズム》 志を持て、日本人
小澤征良　おわらない夏
落合信彦　男たちのバラード

落合信彦　モサド、その真実
落合信彦　石油戦争
落合信彦　英雄たちのバラード
落合信彦・訳　第四帝国
落合信彦　男たちの伝説
落合信彦　アメリカよ！あめりかよ！
落合信彦　狼たちへの伝言
落合信彦　挑戦者たち
落合信彦　栄光遙かなり
落合信彦　終局への宴
落合信彦　戦士に涙はいらない
落合信彦　狼たちへの伝言2
落合信彦　そしてわが祖国
落合信彦　狼たちへの伝言3
落合信彦　ケネディからの伝言
落合信彦　誇り高き者たちへ

落合信彦　太陽の馬(上)(下)
落合信彦　映画が僕を世界へ翔ばせてくれた
落合信彦　烈炎に舞う
落合信彦　決定版 二〇三九年の真実
落合信彦　翔べ 黄金の翼に乗って
落合信彦　運命の劇場(上)(下)
ハロルド・ロビンス 落合信彦・訳　冒険者たち(上) 野性の歌
ハロルド・ロビンス 落合信彦・訳　冒険者たち(下) 愛と情熱のはてに
落合信彦　王たちの行進
落合信彦　そして帝国は消えた
落合信彦　騙《だま》し人《にん》
落合信彦　ザ・ラスト・ウォー
落合信彦　どしゃぶりの時代 魂の磨き方
落合信彦　ザ・ファイナル・オプション 騙し人II
落合信彦　虎を鎖でつなげ
落合信彦　名もなき勇者たちよ

集英社文庫

いつもの朝《あさ》に 上《じょう》

2009年3月25日 第1刷
2010年9月27日 第4刷

定価はカバーに表示してあります。

著 者 今邑《いまむら》 彩《あや》

発行者 加藤 潤

発行所 株式会社 集英社
東京都千代田区一ツ橋2-5-10 〒101-8050
電話 03-3230-6095（編集）
03-3230-6393（販売）
03-3230-6080（読者係）

印 刷 凸版印刷株式会社

製 本 凸版印刷株式会社

フォーマットデザイン アリヤマデザインストア マークデザイン 居山浩二

ISBN978-4-08-746413-9 C0193